긴 인생을
위한

짧은 일어
책

일러두기

- 외래어 표기법을 따르되 현지 발음에 가깝게 표기한 예외가 있습니다.
- 일본어 원문에 장음 기호(ー)가 있는 경우에만 우리말 표기에도 그대로 옮겼습니다.
- 일본어에는 띄어쓰기가 없으나 이해를 돕기 위해 적절히 띄어쓰기했습니다.

긴 인생을 위한

짧은 일어 책

김미소 지음

이것은
외국어 공부로 삶을 바꿀
당신을 위한 이야기

동양북스

들어가는 말

'앗! 눈 떠보니 내가 일본에?'

일자리가 너무나 절실하던 대학원 졸업반 때, 세계 각국에 지원서를 뿌렸습니다. 당시 미국에서 박사과정을 밟고 있었지만, 일자리를 주기만 하면 어디든지 바로 짐 싸 들고 간다는 마음으로요. 영국, 호주, 싱가포르, 일본, 홍콩, 영국, 캐나다, 미국… 세계 온갖 국가에 읍소했습니다. 여기 파릇파릇한 새 박사 팝니다! 제 스펙 보증서 한번만 봐주십쇼! 뽑아만 주신다면 이 한 몸 다 바치겠습니다!

2년 동안 끝도 없던 낙방 끝에, 가장 먼저 긍정적인 연락이 온 건 일본의 대학교였습니다. 학과 면접과 인사부 면접을 거쳐, 12월 25일 크리스마스 당일에 최종 이사회 면접을 봤습니다. 모두 온라인으로요. 합격 통지도 취업 비자도 받고 박사 논문 심사도 통과한 후, 2020년 3월 18일, 코로나바이러스 팬데믹으로 국경이 하나둘 닫히던 때, 아슬아슬하게 일본 땅에 떨어졌습니다. 이제 잿빛 대학원생 시절은 안녕! 벚꽃 잎이 하늘하늘 흩날리며 나를 축복해 주는 일본 대학교 교수 생활 시작!

꿈을 부풀리기도 전, 입국 날부터 집 계약서 때문에 도장이 필요했습니다. 희귀한 성씨가 아니라면 생활용품점에서 쉽게 살 수 있다고 하더라고요. 김金씨는 흔하니까 바로 생활용품점에 가서 도장을 찾기 시작했죠. 아뿔싸, 몇천 개가 넘어가는 도장이 빽빽이 꽂혀 있었습니다. 여기에서 金을 어떻게 찾지? 이거 일본어 발음은 뭐지? 온라인 일본어 사전을 찾아보니 음독은 킨·콘, 훈독은 카나·카네라고 합니다. 아니, 그럼 키에서 찾나? 코에서 찾나? 카에서 찾나? 음독은 뭐고 훈독은 또 뭐지?

음독과 훈독이 무엇인지도 모른 채 일본에 떨어진 대가는 컸습니다. 머리가 나쁘면 몸이 고생한다는 건 진리입니다. 침침한 눈을 비벼가며 수천 개의 도장을 하나하나 샅샅이 뒤져서, 겨우 金을 찾아내 110엔을 내고 사 왔습니다. 앞으로의 일본 생활이 이런 식으로 낫 놓고 기역자도 모른 채, 몸통박치기로 해결해 나가는 식으로 흘러갈 거란 불길한 예감을 애써 꾹꾹 누르면서요.

지금까지 일본어를 애니메이션으로만 접했기에, 제 입에서 나오는 단어는 애니메이션 주인공이 외치는 대사에서 크게 벗어나지 못했습니다. 각종 SNS에 떠돌아다니는 대사처럼, "우리들의 꿈의 장소는 여기에 있으니까 힘내자!"는 일본어로 말할 수 있었지만 "곱빼기로 주세요"는 말할 수가 없었습니다. 말을 못 하는 대가는 몸으로 치러야 합니다. 일본 식당에서 파는 음식은 대부분 양이 적더군요. 배를 곯고 지낸 탓에 일본에 오자마자 살이 죽죽 빠졌습니다.

일본어를 체계적으로 공부한 적도 없고, 일본 취업을 목표로 차근차근 준비한 것도 아니었습니다. 눈 떠보니 여기 뚝 떨어졌는데, 매일매일 일을 해야 하니 일본어 수업을 들으러 갈 시간을 낼 수도 없었습니다. 게다가 당시는 코로나 팬데믹 초기여서 학원이 모두 문을 닫은 상태였고요. 덕분에 일본 현지에서 일본어라는 벽에 수없이 몸통박치기를 하며, 부슬부슬 떨어지는 먼지만 한 일본어 조각을 주워 담아, 일본어 실력을 쌓아가는 이야기를 책에 담게 되었습니다.

저는 응용언어학 박사로, 언어를 가르치고, 배우고, 동시에 연구하고 있습니다. 일본 대학생에게 영어를 가르치는 교수자이고, 일본 현지에서 몸통박치기로 일본어를 주워 담고 있는 학습자이며, 학생의 영어 학습도 저의 일본어 학습도 연구 재료로 삼아 논문으로 풀어내는 연구자이기도 합니다. 교수자로서 강의실에 들어가면 일단 밝은 미소와 목소리 톤으로 "여러분, 할 수 있어요! 내용은 어렵지만 영어 자막 보면서 해봐요~"라고 외치며 학생들을 독려하지만, 강의실에서 나와 일본어뿐인 일상으로 돌아가면 점원이 건네는 간단한 말조차 알아들을 수가 없어서 '할 수 있긴 뭘 할 수 있어. 나한텐 꿈도 희망도 없어' 따위의 혼잣말을 내뱉는 학습자로 바뀝니다. 한편 졸지에 일본어 못하는 젊은 외국인 여자라는 소수자가 되어, 소수자의 시선으로 언어 학습을 바라보는 논문을 쓰고, 다양성을 위한 영어 교육 과정을 개발하는 연구자로서의 삶도 꾸려가고 있습니다. 언어 학습자, 언어 교수자, 언어 연구자. 모자를 세 개 쓰고 있는 셈이죠.

이 세 개의 모자 덕분에 언어 학습자로서 언어를 배우는 이야기에 더해, 가르치고 연구하는 사람의 시선을 교차해 가는 이야기를 쓸 수 있었습니다. 강의실에서 일본 학생들에게 영어를 가르칠 때 학생들이 어려워하는 것

같으면, 일본어를 배우는 학습자로서의 제 경험을 나누며 이해를 돕고 있습니다. "여러분, 영어 수동태 어렵죠? 그런데 일본어 '스루する'의 수동형 '사레루される'도 외국인한텐 진짜 어려워요. 저는 이 표현을 '신뢰받는다'처럼 수동형으로만 쓰는 줄 알았는데, 나중에 보니 '하다'를 '하시다'로 바꾸는 존경어 표현으로도 쓰더라고요. 일본어 동사 변화 공부할 때 머리에서 쥐 나는 줄 알았어요. 언어마다 규칙이 다른 거니까 함께 살펴봐요."

이렇게 가르치는 동시에, 학습자로서 좌절을 겪을 때마다 연구자로서 배웠던 이론을 끌어오며 자신을 다독일 수도 있었습니다. 일본어를 거의 읽지 못하던 문맹일 때, 집 앞에 날아온 요가 교실 광고지조차 읽지 못해 번역 앱을 사용하다 눈물을 찔끔 흘린 적이 있습니다. 이때 박사 과정 중 배웠던, 아이들의 문자 언어 학습 이론을 떠올렸습니다. 이 단계를 지나서 다음 단계로 나아갈 거라는 걸, 이 또한 배움의 한 과정일 뿐이라는 걸 계속 되뇌었습니다. 하루하루가 언어 교육 및 학습과 실천, 경험과 이론이 뒤죽박죽 얽히는 실험의 장이었고, 그 한가운데 서서 생각했던 것들을 글로 적었습니다.

저는 응용언어학 전공자지만, 일본어를 체계적으로

배우거나 전공하지 않았기 때문에 더 날 것의 언어 학습 이야기를 담아내게 되었습니다. 중이 제 머리 못 깎듯, 응용언어학 박사도 새 언어 배우라고 새 나라에 휙 갖다 던지면 이렇게 깨지고 구르면서 우는소리를 합니다. 일본에 온 지 4년 차인 지금도 매일이 좌충우돌이고요. 하지만 이렇게 깨지고 구르면서, 지금까지 제 무지에 가려져 보이지 않던 것들이 하나씩 보이기 시작했습니다. 희뿌옇던 제 일본어 세계가 점점 더 깨끗해지고 맑아졌어요. 더 먼 곳, 더 깊숙한 곳까지 들여다볼 수 있게 되었고요. 언어와 문화의 관계를 '덕질'하는 사람으로서, 외국어 세계가 점점 커지고 뚜렷해지는 감각이 더할 나위 없이 좋습니다.

이 글로 여러분의 언어 세계에 벚꽃 잎 실은 바람을 전해드리고 싶습니다. 새로운 시작을 알리는 벚꽃 잎과 함께, 언어 세계를 다시 만들어나갈 동기와 힘을 얻으시길.

차례

일본어
실력 쌓아 올리기

01

틀릴 확률

99퍼센트의 세계로

2018년, 미국에서 대학원 생활을 하고 있던 어느 날의 일이다. 대학원 공부는 답이 정해져 있지 않아서 항상 숟가락을 들고 땅을 힘차게 파 내려가다가 '어, 이게 아니네' 하고 돌아오기를 반복해야 한다. 끝없는 땅 파기에 지쳐서일까. 답은 다 정해져 있고 찍기만 하면 되는 공부로 도망가고 싶어졌다. 그때 내 눈에 들어온 책. 『한 번에 끝내는 일본어 첫걸음』

중학교 때 1년 정도 일본어 수업을 들어서 히라가나와 가타카나 정도는 외우고 있었고, 애니메이션을 열심히 본 덕에 '야매 일본어'는 약간 자신이 있었다. 그래, 이거야. 사지선다의 세계로 도망치는 거야. 1, 2, 3, 4번으로 고를 수 있는 세계는 얼마나 반듯한지. 아무거나 찍어도 맞을 확률이 25퍼센트나 된다니! 대학원 공부는 틀릴 확률 99퍼센트인데!

2020년, 일본의 대학교로 취직이 결정되었다. 종이 안의 납작한 세계에서 현실의 입체 일본어 세계로 나가야 했다. 한때 집어 들었던 『한 번에 끝내는 일본어 첫걸음』이 나를 노려보는 것 같았다. 챕터 1만 너덜너덜해진 채 먼지를 수북이 뒤집어쓰고 있던 책. 미안해, 나도 이렇게 될 줄 몰랐어. 일본에 가서 살게 될 거라고는 전혀 생각도 못 했는걸. 뭐, 이렇게 된 이상 열심히 살 수밖에 없다. 대학원 생활 동안 몸에 새겨진 궁극의 스킬, 숟가락으로 땅파기가 있는데 무엇이 두려우리!

하루, 이틀 차이로 국경이 닫히고 비자 발급이 중단되는 코로나바이러스 팬데믹 초기의 대혼란 속에 겨우겨우 취업 비자를 받아 일본 땅에 발을 들여놓았다. 앞으로 살 동네에 처음 도착해 역 앞의 포장 전문 초밥 가게에서 초밥 여덟 개가 들어 있는 도시락을 골랐을 때였다.

"お箸 付けますか。"

네? 뭐라고요? 점원 양반 그게 무슨 말이오. 아이 노 스픽 재패니즈. 아니 이건 영어니까, 노 니홍고. 니홍고 시라나이. 제가 원하는 건 당신 손에 들린 그 초밥뿐이란 말입니다. 저는 돈을 내고, 당신은 초밥을 주고. 이 간단한 교환이 왜 안 되는 거죠. 초밥 주세요. 계속 네? 네? 하는 사이 점원이 말했다.

"Chopsticks?"

아, 젓가락 넣겠냐는 이야기구나. "No thanks." 초밥과 굴욕을 함께 안고 집으로 돌아가는 저녁 길은 참으로 고요했다. 초밥과 굴욕을 잘근잘근 씹어 삼켰다. 아… 이제부터 얼마나 많은 굴욕을 씹어 삼키게 될까. 어학 교재의 사지선다 세계에서 뚜벅뚜벅 걸어 나와, 틀릴 확률 99퍼센트의 일본어 세계로 겁 없이 뛰어든 대가는 컸다.

이렇게 살다가는 배달 음식 주문도 못 해서 굶어 죽는 게 남 얘기가 아니겠어. 일본어 공부한다 치고 일본어능력시험JLPT을 준비해 보면 어떨까? 그래도 나는 애니메이션 일본어로 다져진 기본기가 있으니 N3부터 하면 되겠지? (일본어능력시험은 N1부터 N5까지 있고, N1이 가장 어려운 레벨이다.) 한국 사람들은 N1이나 N2가 아니면 쳐주지도 않는다지만, 나는 아직 한자도 일본어도 잘 못하니까 N3부터 하면 될 거야.

N3 문제집을 펼친 순간 깨달았다. 아… 나는 한국인이 아니구나. 한국 사람들은 N1이나 N2는 쉽게 딴다던데, 나는 한국인이 아니었어. N3 문제집의 히라가나와 가타카나가 아닌 그 무엇도 읽을 수가 없었다. 정말 간단한 단어인 '사회'와 '회사'조차 읽을 수가 없었다. 한자라고는 중학생 때 학교에서 1년 배운 게 전부였으니까. 한자의 획 하나하나가 나를 비웃었다. '너 따위가 나를 읽을 수 있을 것 같아? 쯧쯧.' 패기를 부릴 때가 아니었다.

깨갱, 꼬리를 말고 N5부터 시작하기로 했다. N5와

N4 단어를 아이패드에 계속 써가며 외웠다. 이 단어들은 외우자마자 생활에서 등장했다. 아, 저게 부동산不動産이라는 글자였구나. 아, 산부인과産婦人科의 산産 자가 부동산의 산産 자와 같구나. 그런데 이 나라는 좀 낡아 보이는 건물은 산부인과, 좀 신식으로 보이는 건물은 레이디스클리닉이라고 쓰네.

안내견이 있는 저 광고는 도대체 무슨 광고지? 왜 안내案内라는 한자가 없지? 아, 이 나라는 안내견을 맹도견盲導犬으로 쓰고, 모도켄もうどうけん이라고 읽는구나. 한국에서도 導는 '도'로 읽는데, 여기서도 '도どう'로 발음하네. 그런데 일본어 한자는 읽는 방식이 여러 가지잖아. 애니메이션 주제가에 항상 나오는 "너는 항상 내가 갈 길을 이끌어줘~" 같은 문장에서도 導를 쓰는데, 이 경우는 동사 導く가 되고 발음은 미치비쿠みちびく로 하네. 한자 읽는 법이 여러 가지라는 게 이런 뜻이구나.

책에서 외운 것, 애니메이션 일본어로 머리에 각인된 것, 매일의 생활에서 본 것, 전부 짬뽕이 되어 섞였다. 일본어는 여기저기 구슬처럼 널려 있었다. 널려 있으면 무엇을 하나, 하나도 꿰어놓질 않았는데. 후회할 시간에 하나라도 더 꿰어야 했다. 지금 내가 만들고 있는 게 목걸이

인지 반지인지 귀걸이인지도 알 수 없지만 일단 다 꿰어야 했다. 도안 볼 시간이 어딨냐? 일단 꿰고 보는 거야.

책의 세계는 안온하고 평안했지만, 그만큼 납작했다. 아무 답이나 찍어도 25퍼센트는 답을 맞힐 수 있는 납작한 세계. 현지에서 언어를 배우려면 사지선다의 세계에서 뚜벅뚜벅 걸어 나와, 틀릴 확률 99퍼센트의 세계로 몸을 던져야 했다. 집 밖만 나가도 지천으로 널려 있는 일본어 구슬을 꿰어가며 내 실력을 쌓아 올려야 했다. 지금 엮어 나가는 구슬이 뭐가 될지는 모르지만….

일본
간장이

혈관에
흐르는 것만
같아서

일본 집은 기본 옵션이라는 게 거의 없다. 처음 입주하면 형광등조차 없어서 휴대폰 플래시로 불을 밝혀야 한다. 밥은 해 먹고 살아야 하니 가스레인지를 샀는데, 밸브에 어떻게 연결해야 하나. 온갖 부품을 다 만져보고, 호스도 연결해 보고, 검색해 봐도 도통 알 수가 없었다. 이거 내가 막 만지다가 터지기라도 하면 일본에서 일도 못 해보고 통구이로 생 마감하는 거 아냐? 이런 생각을 하고 있는데, 가스레인지 대 위에 붙은 스티커가 눈에 들어왔다.

ガスを 安全に 使いましょう。

무슨 말인지 하나도 알 수가 없었다. 번역 앱에게 물어보았다. “가스를 안전하게 사용합시다.” 아니, 당연히 가스를 안전하게 사용하지 그럼 위험하게 사용하냐? 며칠을 검색해 본 결과, 전화로 가스 설치 서비스를 예약할 수 있는 것 같았다. 번역 앱의 복음 따윈 누릴 수 없는 전화! 일본어 하나도 못 하는데 어떻게 전화를 해! 일단 나중에 생각하자.

계속 달고 짠 편의점 음식만 데워 먹다 보니 더 이상 견딜 수 없었다. 혈관에 피 대신 일본 간장이 흐르는 것만 같았으니까. 내 피는 미역국을 간절히 원하고 있었다. 삼삼한 미역국, 미역국을 먹어야 해. 일본 된장국에 한두 쪼

가리 들어 있는 부실한 미역이 아니라 한국산 미역을 오랜 시간 불려 참기름 팍팍 넣고 오랜 시간 푹푹 끓인 미역국이. 결국 미역국에 대한 욕구가 전화에 대한 두려움을 눌렀다. 떨리는 마음으로 전화기를 들고 스티커에 있는 번호로 전화를 걸었다. 잉글리시, 잉글리시 서비스 나이데스카. 스미마셍. 니홍고 노노. 잉글리시 플리즈. 하늘이 무너져도 솟아날 구멍은 있었다! 도쿄가스에는 영어 서비스가 있었던 것! 영어로 어떻게든 주소를 말하고, 가스레인지 설치를 원한다고 전했다. 며칠 후 방문한 기사님에게서 가스 불의 푸른색 후광이 보이는 듯했다. 가스불에 미역을 달달 볶았다. 색이 변해가는 미역을 바라보며 중얼거렸다. 이제 나는 얼마나 달달 볶여야 할까….

현지어를 거의 하지 못하는 채로 일본에 온 대가는 컸다. 새 나라에서 자신을 책임질 수 있는 사람은 자신뿐이다. 누구도 나를 대신해서 도쿄가스에 전화를 걸어줄 수 없고, 날아오는 온갖 고지서를 해석해 줄 수도 없고, 집 계약 내용을 듣고 이해해서 설명해 줄 수도 없다. 가족도 없고, 의지할 수 있는 사람도 없다. 이 모든 대가는 나 혼자 오롯이 치를 수밖에.

겨우 사람이 살 수 있을 만큼 가구와 가전을 들여놓고 난 후, 이런 일본어 실력으로는 집 앞 마트도 못 갈 것 같은 위기감에 휩싸였다. 읽고 쓰기는 차치하더라도 일단 생존 일본어라도 구사할 수 있어야 했다. 미국에 살 때는 왜 화상 영어 같은 걸 하는지 이해하지 못했다. 집 밖에만 나가면, 아니 홈스테이를 한다면 집 안에만 있어도 영어가 막 쏟아지는데 왜 따로 돈을 내고 화상 영어를 하나 싶었다. 내 오만이었다. 집 밖에만 나가도 일본어가 쏟아졌지만, 그 일본어가 외계어로밖에 들리지 않으니 내가 알아들을 수 있는 일본어로 말해주는 사람이 절실했다. 일본어로 검색할 능력조차 되지 않아서 한국어 웹에서 화상 일본어 교육 서비스를 검색한 뒤, 비교하고 따지고 할 것도 없이 가장 처음 클릭한 곳에 등록했다. 선생님의 경력과 특징을 보여주며 고르라는 화면이 떴는데, 그럴 에너지조차 없었다. 제일 앞에 뜨는 선생님을 체크했다. 선생님, 저 좀 살려주세요….

오사카 출신, 교육대학을 졸업한 선생님과 주 3회, 회당 30분씩 자유 회화 수업을 시작하게 되었다. 말이 좋아 자유 회화였지, 생존을 위한 몸부림에 가까웠다. 선생님, 제가 학교 인사부에 가서 서류 처리를 해야 하는데요, 인사부에는 영어를 하는 사람이 없거든요. 제가 여기서 일하고 있다는 증명서를 떼러 왔다는 말을 어떻게 하면 될까요? 선생님, 제가 지금 직장에 입고 갈 옷이 너무 없어서 옷 사러 가려고 하는데요, 일본 직장인들은 보통 어디 가서 옷 사요? 선생님, 제가 곧 미용실에 가야 하는데요, 사진처럼 잘라달라고 하려면 어떻게 말하면 돼요? 앞머리는 뭐라고 하고 길이는 또 뭐라고 해요? 선생님, 제가 집 관리 사무소에 전화를 해서 뭘 물어봐야 하는데요, 뭐라고 말하면 될까요….

어딘가 가야 할 일이 있으면, 미리 화상 일본어 선생님과 모의 연습을 해보는 게 일과가 되었다. 2020년, 코로나바이러스의 시대. 어디 나가서 현지어를 배울 수도 없고 일본인 친구를 만들 수도 없는 시대에, 화상 일본어 선생님은 내게 유일한 동아줄이었다. 미소 님이 말한 서류는 재직증명서고, '자이쇼쿠쇼메이쇼在職証明書'라고 발음하면 됩니다. 미소 님이 원하는 정장 스타일의 옷을 사려면 아오야마라는 곳에 가보세요. 일본에서 미용실을 갈 때는 보통 홋토페파ホットペッパー라는 온라인 사이트에서 마음에 드는 곳을 골라 컷, 염색 등 하고 싶은 걸 예약하고 가면 되고요. 앞머리는 마에가미前髪, 길이는 나가사

長さ라고 하면 되어요. 관리 사무소에 전화를 걸어서 일단 무슨 아파트의 몇 호에 사는 누구라고 밝힌 다음에 용건을 이야기하면 될 것 같은데요, 용건이 뭔가요?

생존 일본어 문제가 어느 정도 해결된 이후엔 일본 생활에서 보고 겪고 느낀 온갖 것들을 가져와서 선생님 앞에 풀어놓기 시작했다. 선생님, 제가 어느 가게에 갔는데 シェフの こだわり셰프의 고집라고 적혀 있더라고요. 근데 こだわり를 사람한테 쓸 때는 좋은 의미로도 나쁜 의미로도 쓰이는 것 같은데 어떻게 쓸 수 있나요? 선생님, 제가 대학에서 영어를 가르치는데 lullaby라는 단어가 나왔어요. 아기가 잘 때 불러주는 노래거든요. 그걸 일본어로 학생들이 뭐라고 하던데 잘 못 알아들었어요. 일본어로 자장가를 뭐라고 해요?

그렇게 주 3회 30분씩 1년, 이후 다른 선생님과 주 1회 30분씩 2년. 단순히 계산해도 화상 일본어로 보낸 시간이 150시간에 가까워지고 있을 때였다. 3년간 살던 집에서 이사를 하게 되어, 가스 연결을 끊어야 했다.

가스레인지 대 위의 "가스를 안전하게 사용합시다" 스티커에 적힌 번호로 전화를 걸었다. "제가 이사를 가게 되어서 가스레인지를 분리하고 싶은데요." "이사 신청은 하셨어요?" "아니요, 이사하는 곳에는 이미 가스레인지가 설치되어 있어서 재설치는 필요 없고 그냥 분리해서 버리고 싶어요." "이사하는 곳에 재설치하시지 않더라도, 이사 신청을 하실 때 가스레인지 제거 서비스를 신청하실 수 있습니다." "아 그렇군요." "전화로 안내해 드려도 될까요?" "예, 부탁드려요." "음성 안내가 나오면 7번을 누르시면 됩니다." "감사합니다~"

맞아, 가스레인지가 없어서 일본 간장이 혈관에 흐르는 것만 같던 시간이 있었지. 화상 일본어 선생님이 내 유일한 생존의 동아줄일 때도 있었지. 이제는 내 두 발로 스스로 설 수 있어. 차곡차곡 쌓아온 150시간의 화상 일본어 시간은, 통화 버튼을 누를 때의 무서움을 0으로 만들어주었다. 나는 이제 어딜 가든 가스는 연결할 수 있으니까, 미역국을 못 먹어 일본 간장이 혈관에 흐르는 일은 없겠구나.

자존심을
구깃구깃 접어
내팽개치면

맹위를 떨치던 코로나바이러스도 잦아들고, 영업 제한도 조금씩 풀리고 있을 때였다. 거리에 사람들이 점점 늘어났고, 테이크아웃만 가능하던 음식점도 하나둘 매장 내 영업을 재개하고 있었다. 코로나 제한이 풀리고 있다는 건, 일본에 온 후 몇 달간 방구석에 처박혀 재택으로 일만 하느라 한국에 있는지 일본에 있는지도 몰랐던 '야매' 언어 학습자에게 드디어 방 밖으로 나갈 기회가 생겼다는 뜻이기도 했다. 방구석에서 혼자 있는다고 일본어가 늘 리가 없지. 드디어 밖으로 나갈 때다! 그런데, 어디로?

주 40시간 이상 일터에 묶인 삶을 사는 사람은 어디에 가서 어떻게 외국어를 배워야 하는 걸까? 나는 어학연수, 워킹홀리데이, 유학처럼 해외 생활을 경험하거나 공부를 하러 온 게 아니었다. 그렇다고 체계적으로 어학 실력과 직무 능력을 쌓아 해외 취업을 하게 된 것도 아니었다. 어쩌다 보니 일본에 와서 일하게 된 직장인일 뿐이었다. 물론 그 직장인의 명함에 "응용언어학 박사, 영어 관련 과 전임 교원"이 박혀 있다는 게 코미디였지만. 언어를 가르치는 일을 하지만 언어를 배우려고 하니 뭐부터 어떻게 해야 할지 전혀 감이 오지 않았다. 어디에 가서 뭘 어떻게 배워야 하는 거지?

안 되는 일본어로 '일본어 교실'을 검색하다 알게 되었다. 집 앞의 구역소(한국의 구청)에서 외국인을 대상으로 여는 일본어 교실이 있다는 걸. 일주일에 90분, 매주 목요일 저녁. 그래, 일단 저기에 가보는 거야.

그런데 신청서를 내자마자, 마음이 계속 못난 가시를 삐죽삐죽 세웠다. '아니, 내가 10년 전부터 영어 튜터였는데 말야.' '아니, 내가 그래도 명색이 박사인데.' 한국과 미국에서 영어 튜터, 어학연수 기관 강사, 대학 강사 등 온갖 곳에서 영어를 가르치다 일본 대학의 전임 교원으로 막 사회생활을 시작한 참이었다. 이 모든 과정을 거쳤는데 갑자기 쭉 떨어져서 학생이 되라니, 그것도 정규 기관의 학생도 아니고 동네 무료 일본어 교실 학생. '뭐든지 다 아는 척할 수 있는' 대학 교원에서 '뭘 알아도 제대로 아는지 의심받을지도 모르는' 동네 무료 일본어 교실 학생으로. 이 낙차가 얼마나 커 보였는지…. 이제 겨우 지옥 같은 대학원을 졸업하고 일자리도 구하고 월급도 받는 사람이 되었는데, 초등학생부터 다시 하라는 느낌이었달까.

삐죽삐죽 튀어나온 못난 가시는 일단 꾹꾹 누르고, 첫

수업을 위해 구역소로 향했다. 공공 기관답게 낡은 회의실, 원형으로 배치된 테이블, 북엔드와 투명 플라스틱으로 얼기설기 만든 칸막이가 보였다. 마스크를 쓴 채로 체온을 체크하고, 건강 문진표 작성까지 마쳤다. 접수 데스크 주변에는 자원봉사자인 보조 선생님이 열 분쯤 옹기종기 모여 있었다. 수업을 이끌어갈 선생님은 풍모부터 남달랐다. 오른쪽 앞머리만 파랗게 염색한 백발의 인물이 화이트보드 가장 가까이에서 꼿꼿이 서 있었다.

꼿꼿한 자세만큼이나 단단한 목소리로, 선생님이 오늘의 주제를 소개했다. "코쿄故鄕가 뭔지 아세요? 홈타운입니다, 홈타운. 그럼 각자 고향의 맛있는 음식을 이야기해 주세요." 리드 선생님이 말을 마치자, 접수 데스크 쪽에 있던 보조 선생님들이 서로 그룹을 만들어 학생을 한 명씩 맡았다.

구역소 무료 일본어 수업은 환상적인 선생 대 학생 비율을 자랑했다. 자원봉사 선생님들은 보통 은퇴한 60대 이상의 어르신이었고, 학생은 네다섯 명도 되지 않았다. 거의 3 대 1. 어느 어학원을 가도 이보다 더 환상적인 비율은 없을 것이다. 첫날부터 한 시간 넘게, 처음 보는 선생님 세 명에 둘러싸여, 떠나온 지 거의 15년이 지나서 기억도 잘 안 나는 고향 이야기를 시작했다. 대구라는 곳은 아주 덥고요, 치킨이 유명합니다….

그렇게 구역소 일본어 교실에 다닌 지 몇 주 차. 항상 나를 담당해 주시는 다카하시 선생님이 도서관에서 복사해 왔다며 종이를 하나 건네주셨다. 「마이니치 소학생 신문」 어린이 신문이었고, 모든 한자에 히라가나로 읽는 법이 쓰여 있었다. 그래, 이거라면 읽을 수 있어! 어쨌건 히라가나랑 가타카나는 다 아니까! 종이를 받아 들고, 처음 눈에 들어온 문장을 훑어봤다.

家族(かぞく)の 介護(かいご)や 世話(せわ)する ヤングケアラー

가족의 간호나 돌봄을 하는 영 케어러

카소쿠, 아니 카조쿠, 카이고? 가이고? 카이고야 세와 스루야응…. 하나하나 소리 내어 읽어보려 했으나 글자가 너무 작아서 잘 안 보였다. 한자 위에 조그맣게 달려 있는 글자에 의지해서 전체 문장을 읽으려고 하니 눈이 빠질 것 같았다. 家族(かぞく)에 달려 있는 글자는 そ소인가 ぞ조인가. 저 조그만 점 두 개를 어떻게 본단 말입니까.

곧장 인터넷으로 구독 신청을 했고, 매주 목요일 신문을 챙겨 일본어 수업에 갔다. 선생님 세 분께 신문을 복사해 드리고, 바로 앞에서 한 글자 한 글자 읽어나갔다. "안내견의 기분은?" "실현될까? 30인 학급" 어린이 신문이라고 얕봤던 내가 잘못이었다. 제대로 소리 내어 읽지 못하는 한자가 태반이었다.

분명히 다 읽을 수 있는 글자로 쓰여 있는데, 눈과 뇌와 입이 서로 제멋대로 놀았다. 눈은 글자를 제대로 본 것 같은데, 뇌도 해석을 제대로 한 것 같은데, 막상 입에서 튀어나온 말은 이상했다. 이건 마치 K-POP 댄스 챌린지를 따라 하다가 거울에 비친 나를 봤을 때의 느낌 같았다. 스마트폰 속의 아이돌은 완벽한 칼군무를 구사하지만, 거울 속의 나는 손, 발, 허리, 어깨, 골반이 다 흐물거리는 완벽한 해파리 그 자체일 때 드는 자괴감. 내 입에서 튀어나온 일본어도 그랬다. 신문에 나온 일본어는 초등학생도 읽을 수 있도록 완벽히 인쇄되어 있었지만, 내 입에서 나온 일본어는 눈과 뇌와 입이 자기가 먼저 나가겠다고 난리를 치다가 서로 뒤엉켜 넘어져 버린 그 무엇이었다.

언어 학습 초기에 소리 내어 읽기를 강조하는 이유가

있었다. 어릴 때 시시하다고 무시했던 소리 내어 읽기가 꼭 필요한 이유가 있었구나. 눈과 뇌와 입이 서로 칼군무를 출 수 있도록 연습이 필요한 거였구나. 나도 이런 과정을 거쳐서 한국어를 배웠었지. 새로운 언어를 배울 때도 당연한 건데 왜 그걸 몰랐을까. 그냥 대충 안다고 넘어가면 안 되는 거였구나. 기본으로 돌아가라는 말이 중요한 이유가 다 있었구나….

언어 학습에 중요한 건 탄탄한 커리큘럼을 자랑하는 어학원, 수십 년 경력의 명강사, 다수의 전문가가 심혈을 기울여 쓴 교과서 같은 게 아니었다. 아무리 마음이 가시를 삐죽삐죽 세워도 꾹꾹 눌러 담는 용기였다. "내가 모국에서는 말이야~" "내가 영어로는 말이야~" 같은 마음도 매몰차게 버려야 했다. 자존심은 구깃구깃 접어 내팽개치고, 어린이 신문은 쫙쫙 펴야 했다. 자존심 하나를 구깃구깃 접으니, 일본어 세상이 내게 쫙쫙 펼쳐져 왔다.

‘지금-여기’의 언어로

뚜벅뚜벅 걸어나가기

일본에서 처음 맞는 연말연시. 보통 이 기간에는 가게들이 영업을 하지 않는다. 일본인에게는 당연하지만 외국인에게는 당연하지 않은 사실을 몰랐던 죄로, 친구와 함께 주린 배를 붙잡고 문을 연 식당을 찾아 하이에나처럼 도쿄의 거리를 헤매야 했다. 이 허기를 달래줄 식당 어디 없나요….

허탕 치기를 여러 번, 방법을 바꿔 지도 앱을 켜고 가게를 계속 찾았다. 그러나 평시가 아닌 연말연시 영업 시간을 올려둔 가게는 많지 않았다. 이렇게 되면 최후의 수단뿐이다. 전화. 웹페이지라면 번역기라도 돌리고, 만나서 대화한다면 손짓 발짓이라도 하겠지만, 전화는 그런 꼼수가 전혀 통하지 않는 정면 승부의 세계다. 외국어 초심자에게 제일 두려운 게 전화지만, 배 곯지 않으려면 달리 방법이 없다.

근데 뭐라고 말해야 하지? 지금 열었나요? 근데 일본어도 열었냐는 말을 영업하냐는 뜻으로 쓰나? 그럼 영업은 일본어로 뭐지? 꼬리를 무는 혼자만의 생각을 끊고, 비장한 마음으로 친구에게 물었다. "영업 중인지 물어보려면 뭐라고 말하면 돼?" 친구는 내 질문을 단 5음절로 압축해 답해주었다.

"얏테마스카やってますか, 하고 있나요?"

그래, 그렇지. "지금 영업 중입니까?"처럼 공들여 말할 필요도 없지. 그냥 지금 하는지 안 하는지만 알면 되는데. 맥이 탁 풀리는 기분이었다. 학생들에게 "쉬운 말로 하세요" "긴 문장을 쓰려 하지 말고 짧은 문장을 쓰세요" 라고 항상 이야기하는데, 정작 그 말을 들어야 하는 사람이 나였다니….

언제까지고 전화를 걸 때마다 온몸의 털이 삐쭉 설 만큼 긴장하며 살 수는 없었다. 고민만 하고 있던 일본어 학원 주말 수업을 신청했다. 그래, 이제 더 이상 물러설 수 없다! 학원에 가서 친구도 만들고 언어도 늘려야지!

패기 넘치게 중상급 회화반을 택했다. 코로나 여파로 100퍼센트 대면 수업이 없이 차선으로 비대면과 대면 방식이 섞인 수업을 신청했으나, 나를 제외한 전원이 비대면 수업을 신청했기에 온라인으로만 수업이 이루어졌다. 매주 토요일 오전, 화상 회의 프로그램을 켜면 선생님과 클래스 메이트들을 볼 수 있었다. 캐나다인, 러시아인, 사우디아라비아인, 중국인, 일본인과 결혼한 독일인 등 세계 각국에서 온 사람들이 영상 자료나 읽기 자료를 함께

보고, 그룹별로 상황극을 짠 후 선생님 앞에서 발표하는 식으로 수업이 진행되었다.

나는 상황극 안에서 다채로운 사람이 되었다. 요리가 너무 귀찮지만 건강이 걱정인 사람, 태어나서 운동의 운자도 모르고 살다가 운동을 시작해 보려는 사람, 대학생 부활동의 일원으로 합숙을 가는 사람 등등. 상황극을 조금이나마 더 길게 이어가 보려고 온갖 말을 더 섞었다. 독일인 클래스 메이트에게 나는 전기밥솥을 써본 적이 없다고, 캐나다인 클래스 메이트에게 지금 너무 추워서 밖에 나가기 싫으니까 운동은 무리라고, 중국인 클래스 메이트에게 합숙은 먹는 게 최고니 먹을 거 사러 가자고 말했다. 나는 상황극 안에서 온갖 말을 만들어냈고, 클래스 메이트도 온갖 새로운 말로 받아주었다. 그렇게 우리의 화상 회의방은 가상의 말로 가득 찼다.

그러나 화상 회의 화면이 팟- 하고 꺼지면, 일본어 세상과도 팟- 하고 단절되었다. 가상의 세계에서 요리가 귀찮았던 사람, 운동이 싫었던 사람, 합숙 가는 사람이었던 나 역시 팟-과 함께 사라졌다. 현실의 세계로 팟- 끌려나오니, 까매진 모니터에 내 모습이 비쳤다. 나는 기나긴 해외 자취 경력으로 무슨 음식이든 뚝딱 만들어내고, 주

3회 운동을 하고, 합숙은커녕 코로나 때문에 누군가와 대면으로 이야기를 한 게 언제인지 기억도 잘 안 나는데.

온라인 일본어 수업은 안전한 피난처를 만들어주었다. 이 안에서는 무슨 말이든 해도 괜찮았고, 얼마나 틀리든 상관없었다. 어차피 외국인인 우리들은 서로 개떡처럼 말해도 찰떡같이 알아듣는 스킬을 장착하고 있었으니까. 틀리든 말든 고쳐줄 선생님이 있었고, 이해관계로 엮인 사이가 아니니 서로에게 친절했다. 역할극 안에서 나무늘보도 저리 가라 할 정도로 게으른 사람이 되는 것. 평소와는 전혀 다른 사람이 되는 짜릿함.

하지만 나는 '지금-여기'의 언어를 하고 싶었다. '저기-너머'의 언어가 아니라. 지금 내가 여기서 해야 할 언어는 산더미 같았다. 지하철에 붙어 있는 육아 지원 캠페인 포스터를 읽어보고 싶었고, 떨지 않고 전화를 걸어 모르는 걸 물어보고 싶었고, 옷 가게에 진열되어 있던 상품 말고 새걸로 달라고도 말하고 싶었고, 포크를 떨어뜨렸으니 새 포크를 달라고 요청하고 싶었고, 밥이 리필되냐고 물어보고도 싶었다.

온라인 수업의 언어는 '저기-너머'의 언어였다. 나는

언젠가 요리를 귀찮아하는 사람에게 조언을 해줘야 할지도 모르고, 운동하기 싫다는 친구를 끌어내서 운동을 시켜야 할지도 모르고, 합숙 일정을 조율해야 할지도 모른다. 그러나 이 언어는 미래의 김미소가 구사할 언어이지, '지금-여기'의 김미소의 언어는 아니었다.

망설임 없이 매장에 전화를 걸어 단 5음절로, "얏테마스카?"라고 물어볼 수 있는 능력. 그건 어디서 오는 걸까? 안전한 공간 안에서, 미래의 김미소가 구사할지도 모르는 '저기-너머'의 언어에 편안하게 몸을 기대고 있는다고 해결되는 건 아무것도 없었다.

더 이상 여기에 머무를 수는 없어. '지금-여기'의 공간으로 뚜벅뚜벅 걸어나가야지.

몸 안에

소복이
쌓이는
언어

손발을 엘 듯한 칼바람이 불던 어느 겨울날. 언 손을 호호 녹이며 동네에 있는 작은 초밥집에 들어갔다. 3대가 이어서 100년째 영업하고 있는 곳이라고. 목조 건물에 내려앉은 세월의 흔적만큼 초밥도 맛있을지 궁금해하며 주인 아주머니가 내준 돈지루豚汁, 돼지고기를 넣은 일본 된장국를 손에 들고 한 모금 맛봤다.

아니, 이게 뭐야! 요리 애니메이션에서 음식을 맛볼 때 배경에 빛이 뿜어져 나오고, 용이 춤추고, 번개가 치면서, 매우 뛰어난 맛을 뜻하는 단어 '美味'가 번쩍거리는 이유가 다 있었다. 돼지고기 육수는 비리거나 냄새가 나거나 끈적이거나 기름기가 많아서 싫었는데, 이 돈지루는 산뜻하면서도 깊었고 입 안에 남는 찝찝함이 전혀 없었다. 우엉, 곤약, 두부, 무, 미역 건더기는 화룡점정이었다. 그 뒤에 나온 초밥 맛은 기억도 나지 않았고, 돈지루만 내 기억 속에 남아 아른거렸다. 그 목조 건물 기둥 하나하나에 돼지 냄새가 진하게 배어 있는 이유가 있었어….

세상에 이런 맛이 있다는 걸 모르고 있었다니! 인생을 통째로 손해 본 기분. 돈지루의 맛이 머릿속에서 떠나지 않았고, 일본에 온 김에 일본 요리도 배워보고 싶어서 요리 교실에 등록했다. 뭐라도 배워야 그 새로운 맛을 느껴보지. 일단 집 밖으로 나가야 못하는 일본어라도 한번 더 해보지. 무식해야 용감하고, 용감해야 배운다. 무식을 용기 삼고, 카드를 무기 삼아, 용감하게 수업을 결제했다.

첫 수업. 간단한 설명은 옆을 보고 따라 했지만, 세세한 설명이 나오면 길을 잃었다. 선생님이 말했다. "다마네기오 미진기리니 시마쇼玉ねぎを みじん切りに しましょう, 양파를 잘게 썹시다." 아, 일단 썰라는 거구나! 자취 내공을 발휘해 양파를 기다랗게 송송 썰어냈는데, 선생님의 눈동자에 물음표가 동동 떠 있었다. 마치 내가 뭔가를 덜한 것처럼. 선생님이 내 양파를 한 번 보고, 멈춰 있는 내 손에 눈길을 한 번 준 뒤 입을 열었다. "킴상, 우스기리薄切り, 얇게 썰기가 아니고 미진기리みじん切り, 잘게 썰기예요." 아니, 그게 뭡니까. 양파는 그냥 일단 썰면 되는 거 아니었습니까. 뭐지 싶어 양옆을 보니 길게 썬 양파를 모아 다지고 있었다. 이걸 다지라는 거구나…. 기다란 양파를 그러모아, 자존심과 함께 잘게 잘게 다졌다. 선생님, 제가 지금 우는 건 양파가 매워서 그런 거예요. 진짜라고요. 무식하면 용감하고, 용감해야 배우지만, 그만큼 자신의 밑바닥을 정면으로 마주해야 했다. 사람 살려, 아니 외국인 살려.

요리 영상이 쇼츠로 올라오는 인스타그램 계정을 구독해 놓고, 중간중간 멈춰가며 레시피에 자주 나오는 단어를 익혔다. 쇼츠를 몇십 개 돌려보다 보니 비슷한 표현이 계속 반복되었고, 애써 기억하려고 하지 않아도 자주 쓰는 재료, 도구, 조리법, 계량 용어를 꽤 익힐 수 있었다. 그렇게 2회 차, 3회 차, 4회 차 수업에선 자존심을 덜 썰고도 요리를 만들어낼 수 있었고, 6회 차를 끝으로 더 이상 연장하지 않았다. 그래, 요리는 이만하면 되었어.

다음 도전은 발레 교실이었다. 이미 미국과 한국에서 취미 발레를 몇 년째 해왔고, 용어는 다 아니까 어떻게든 될 거라는 생각이었다. 보무도 당당하게 등록했지만, 체험 첫날 선생님께서 걱정을 담아 말씀하셨다. "니홍고 다이죠부日本語 大丈夫, 일본어 괜찮아?" 제가 니홍고는 다이죠부 하지 않지만 취미 발레 경력이 몇 년인데 따라갈 수 있습니다, 라는 길고 긴 말은 마음속으로 일단 삼킨 뒤 말했다. "다이죠부데스."

다이죠부 하지 않은 일본어를 다이죠부 하다고 말한 대가는 거울 앞에서 몸개그를 하며 치러야 했다. 발레 용어야 전 세계 어디든 같지만, 신체 부분을 가리키는 용어는 언어마다 다르다는 걸 깜빡 잊은 내 실수였다. 선생님이 "히자膝, 무릎 펴서 동작하세요"라고 말하면 나 혼자 히지肘, 팔꿈치를 길고 당당하게 펴 올리면서 '팔은 이렇게 우아하고 길게 뽑는 거지' 하며 자신에게 취하곤 했다. 선생님이 옆으로 와 손수 내 무릎을 쫙쫙 펴주기 전까지. 뭔가 열심히는 하는데 이상하게 흐느적거리는 오징어 한 마리가 거울 속에….

대학에서 영어를 가르칠 때도 조금 더 명확하게 전달하기 위해 중요한 사항은 일본어로도 말하려고 했다. "제가 출석을 부른 다음에 오면 지각이 되어요"라고 이야기했는데, 갑자기 강의실에서 피식하는 웃음이 나왔다. 아니 왜 웃지, 나는 심각한데. 지각 3회면 결석으로 처리되니 출결에 주의하라는 건데. 기분이 나빠지려고 할 때쯤 한 학생이 알려주었다. 내가 한 말은 "제가 출석을 부른 다음에 오면 지옥이 되어요"였다고. '지'각이니까 발음이 지じ인 줄 알고 지고쿠地獄, 지옥라 말했는데, 치ち로 시작하는 치코쿠遲刻, 지각가 맞는 발음이었구나. 졸지에 지각생을 지옥으로 빠뜨린 지옥 선생이 되었군….

무식해야 용감하고, 용감해야 배우는 거였다. 일단 용감해져야 뭐든지 입 밖으로 내뱉을 수 있었고, 무슨 일이

든지 저질러볼 수 있었다. 부끄러움은 오래가지 않았다. 그건 다 요리 교실의 양파, 발레 교실의 오징어, 영어 교실의 지옥 선생이 한 거고, 일단 나는 아니니까.

새 언어는 내 몸 안에 소복이 눈처럼 쌓이는 거였다. 경험이 쌓이는 만큼 새 언어가 쌓였다. 반대로 경험이 없다면 쌓일 언어도 없었다. '지금-여기'의 세상으로 나가서 부딪치는 만큼, 당황한 만큼, 몸개그를 한 만큼, 학생들에게 웃음을 준 만큼 언어가 쌓이는 거였다. 돈지루를 끓여온 세월만큼 목조 건물 기둥 하나하나에 돈지루의 진한 냄새가 배듯.

문맹 탈출기 1:

문맹이
볼 수 없는
세계

아무것도 모른 채 일본에 뚝 떨어져서 발버둥을 친 지 1년이 지났을 무렵, 생존 회화는 어떻게든 할 수 있겠다는 자신이 겨우 생겼다. 이제는 한 단계 더 나아가, 문맹에서 벗어나야 했다. 한국어는 세종대왕의 은혜 덕분에 새로운 단어를 보면 한글을 그대로 타이핑해 사전에서 찾아볼 수 있지만, 일본어는 한자가 나왔을 때 읽는 법을 모르면 타이핑을 할 수가 없다. 스마트폰에 한 획 한 획 글자를 그려서 찾아보거나, 사진으로 찍은 다음 문자 인식을 이용해서 찾아야 한다. 부수로 찾을 수도 있다는데, 부수가 뭔지도 잘 모르는 내가 쓸 수 있는 방법은 아니었다. 일상생활을 하다 모르는 한자를 봐도 일일이 찾아보기가 어려워서 그대로 지나쳐왔고, 내 머릿속에 남는 건 없었다.

음성언어는 어떻게든 구사할 수 있지만 문자언어는 전혀라고 해도 좋을 정도로 못하던, 그야말로 문맹의 나날을 하루하루 흘려보내고 있던 어느 날. 박사과정 시절 들었던 이야기가 떠올랐다. 심리학자 레프 비고츠키Lev Vygotsky의 이론을 외국어 교육에 접목한 연구로 아주 유명한 교수님이 들려준 이야기였다.

아이들은 학교에 가서 문자언어를 배우고 익히기 시작한다. 취학 전에도 보통 음성언어는 잘 구사하지만, 취학 후에 본격적으로 문자언어 읽기와 쓰기를 배운다. 아이가 음성언어를 처음 습득할 때는 자신이 음성언어를 배우고 있다고 의식하지도 못한다. 태어난 지 몇 달 되지 않은 아기가 '엄마, 아빠'를 자신이 지금 배우고 있다고 의식하며 말하지 않는 것처럼. 그러나 문자언어를 배울 때는 다르다. '엄마, 아빠'를 글로 쓰기 위해 아이는 집에 붙어 있는 한글 포스터를 수없이 보고, 보호자가 말해주는 ㄱ,ㄴ,ㄷ,ㄹ의 발음을 각각 익혔을 거다. 그런 다음에 ㄱ,ㄴ,ㄷ,ㄹ을 수없이 종이에 써보며 문자 체계를 익힌 후에, 한글 자모 중 ㅇ과 ㅓ와 ㅁ을 의식적으로 조합해서 '엄'을 만들어야 한다. 즉, 문자언어를 배우기 위해서는 자신이 무엇을 배우고 있는지 의식할 수 있어야 한다.

어린아이가 음성언어를 말하는 건 당장의 욕구를 채우기 위해서다. 밥을 달라거나, 장난감을 달라거나. 하지만 문자언어는 다르다. 문자언어는 욕구를 채우기보다는 의도를 달성하기 위해 쓴다. 동화책을 읽고 동화 속 주인공에게 편지를 쓰거나, 보고 싶은 할머니에게 메시지를 보내거나, 길을 걷다 간판을 읽거나. 당장의 필요를 채우기 위한 욕구가 아니라, '무언가를 하고 싶다'는 의도를 가지고 의식적으로 행동해야 한다. 문자언어에서는 이

'의식'과 '의도'가 중요하다.

아이는 문자언어를 쓰면서 음성도 없고 얼굴을 맞대고 있는 대화 상대도 없는 소통을 처음으로 시도해 보게 된다. 문자언어는 단지 음성언어를 종이에 표기하기 위한 표식이 아니다. 당장 슈퍼에서 어른과 아이가 함께 있다면 아이가 손가락으로 사탕을 가리키며 "이거 사줘"라고 말하기만 해도 의사소통의 목적이 달성된다. 한편 아이가 지금 회사에서 일하는 엄마에게 메시지를 보내는 상황이라면 어떤 사탕인지, 어디에서 파는 사탕인지 생각해서 "슈퍼에서 파는 멜론 맛 사탕 사다 줘"라고 써서 보내야 한다. 맥락을 공유하지 않으니 '집 앞에 맛있는 걸 파는 곳'이라는 개념을 떠올린 후, 그 개념을 '슈퍼'라는 단어 안에 담아서 ㅅ, ㅠ, ㅍ, ㅓ를 조합해 써야 한다.

단어는 개념을 찍어내는 틀이고, 문자언어는 추상적 사고의 첫 번째 재료다. '슈퍼'의 개념을 단어 틀에 넣어 찍어내어, 문자언어를 통해 맥락을 공유하고 있지 않은 사람에게 실어 보내기. 이 과정을 수없이 해가며, 또 학교에 다니며 다양한 문자언어를 접하고 써보며, 아이들의 사고가 발달하는 것이다.

내가 일본어 문맹인 이유가 있었다. 문자언어를 보고

있다는 '의식'은 있지만, 문자언어를 쓰고 싶은 적극적인 '의도'가 없었으니까. 맥락을 공유하고 있지 않은 사람에게 일본어를 쓰려는 의도가 없었으니까. 일은 영어로 하고, 일본인 동료나 친구와도 영어로 문자를 주고받았으니까.

이대로 산다고 해도 뭐 죽는 건 아니겠지만, 일본어 추상적 세계에 한 발짝도 들어가지 못한 상태였다. 음성을 기억해서 말할 수는 있지만, 음성을 일본어로 쓸 수가 없었다. 일본의 소고기 덮밥, '규동'을 먹고 싶어서 ぎゅ규와 どん동을 넣어도 아이폰이 한자로 변환을 해주질 않았다. 아니, 잘 쳤잖아! 왜! 일본어 사전을 띄우고 규동牛丼을 검색해 복사해서 붙여 넣었다. 아니, 뭐가 이렇게 불편해. 알고 보니 소고기를 뜻하는 '규'는 장음이라 '우'를 붙여서 ぎゅう로 써야 했다. 얼굴을 맞대고 이야기하면 금방이지만, 메시지를 쓰는 건 너무 힘겨웠다. 바지가 일본어로 '즈봉'이라는 건 알지만, 이게 ズ즈인지 ヅ즈인지도 몰랐다. 에이, 그럼 팬츠라고 쓰면 되지. '팬츠'를 가타카나 パンツ판츠로 써 메시지를 보내고 나서야 깨달았다. 일본에서 '팬츠'는 바지와 팬티, 두 가지 의미가 있다는 걸. 저는 변태가 아닙니다. 살려주세요….

문맹 탈출의 첫 단계, 음성언어를 문자언어로 표기하는 것조차 난관이었으니 그다음 단계가 발달할 리 없었다. 문자언어를 못 한다는 건 문법의 발달도 쫓아갈 수 없단 거였고, 일본 사회를 내 눈앞에 펼쳐지는 음성언어 세계에 의존해서만 수박 겉 핥듯 볼 수밖에 없다는 뜻이기도 했다.

내가 매일 타고 다니는 전철에서 묻지마 칼부림 사건이 일어났을 때였다. 행복해 보이는 사람들이 싫어서 닥치는 대로 사람을 찔렀다고. 그 사건에 대한 뉴스와 분석이 쏟아지는데, 방송에서 읽어주는 내용밖에 이해할 수 없었다. 나는 사회 분석에 대한 이야기를 모두 이해할 수 있는 인지적 능력이 있는데도, 문자언어를 하지 못하니 화면에 커다랗게 뜨는 자막이 무슨 말인지 전혀 이해할 수 없었다. 사회복지가 미비한 게 문제인지, 히키코모리의 문제인지, 정신보건의 문제인지, 일본 사회를 이해하고 싶어도 깊게 이해할 수가 없었다. 나는 '문맹'이었으니까.

문맹이 되어보고서야 알았다. 문맹을 탈출해야 '지금-여기'의 세계에서 한 단계 더 나아갈 수 있다는 걸. 지금 이대로라면 학령기 전 아동의 언어능력으로만 살아가야 한다는 걸. 영어 알파벳과 한글만 써왔던 나약한 표음 문자 인간은 작정하고 달려들어야 조금이나마 문맹을 벗어날 수 있다는 걸.

문맹 탈출기 2:

일본어능력시험 잔혹사

생업이 있는 어른이 무언가를 시작할 때 꼭 해야 하는 것이 있다. 바로 돈을 쓰는 것! 굳은 마음만으로는 아무것도 되지 않는다. 새해가 되면 나타나는 헬스장과 어학원의 수많은 기부 천사가 증명하듯, 어른에게는 돈으로 의지를 사는 의식이 꼭 필요하다. 그래, JLPT 응시 신청부터 해야겠다!

일본어 문맹을 탈출하려면 어떻게든 문자를 읽을 동기를 만들어야 했다. JLPT에는 언어지식과 독해 섹션이 있으니, 합격하려면 어떻게든 문자언어를 읽어야 한다. 그래, 지르자! 한국인이라면 N2는 기본이고, N1부터 진정한 일본어 공부의 시작이라고 그러던데. 그래, 내가 한국인 자존심이 있지, 거기에다 '덕질 일본어 짬'만 몇 년인데. N2로 해야겠다! 패기를 부리며 N2 레벨을 선택해 응시료를 결제하고 30초 후, 스스로의 어리석음에 땅을 치며 후회했다. 결제 직후 공식 웹사이트에서 예시 문제를 봤는데, 첫 문장부터 읽을 수가 없었으니까….

문맹 탈출을 위한 첫걸음은 텍스트 배열에 익숙해지는 거였다. 한국어와 영어는 왼쪽에서 오른쪽으로 쓰고 띄어쓰기가 있지만, 아랍어는 오른쪽에서 왼쪽으로, 글자를 붙여 연이어서 쓰기 때문에 처음엔 글자 하나가 어디서 끝나는지조차 알기 어려웠다. 그리고 이번엔 일본어 차례. 일본어는 왼쪽에서 오른쪽으로 가로쓰기도 하지만, 오른쪽 위에서 왼쪽 아래로 세로쓰기도 한다. 책을 펼치는 방향마저 반대다. 게다가 띄어쓰기를 하지 않기 때문에 일본어에 익숙하지 않은 사람은 눈이 팽팽 돈다.

문맹이 패기를 부리면 안 되는 거였다. N5와 N4 책은 일본에 오자마자 한 번씩 공부했기에 우선 N3 책으로 시험 준비를 시작했다. 아뿔싸! N5와 N4는 띄어쓰기가 되어 있어서 속으로 발음하다 보면 의미를 파악할 수 있었는데, N3 책부터는 띄어쓰기가 없었다. 너무 빽빽해서 읽는 데 한참이 걸렸다. 어디서 끊어 읽어야 할지 몰라 의미를 파악하지 못하는 경우도 다반사였다. 한국어도 "아버지가방에들어가신다"라는 문장이 있으면 "아버지가 방에 들어가신다"인지, "아버지 가방에 들어가신다"인지 생각해야 하는 것처럼. 텍스트가 너무 빽빽하니 문단이 글로 읽히는 게 아니라 한 뭉텅이의 그림처럼 다가와서, 글자 하나하나에 집중할 수가 없었다. 흰 것은 종이요, 까만 것은 그림, 아니 글자….

문맹 탈출 두 번째 걸음은 각 한자의 정확한 발음을

익히는 거였다. 일본인 친구가 "마사지 3분 무료"는 한국어로 말하든 일본어로 말하든 발음이 똑같다고 한 적이 있지만, 그건 어디까지나 일상 회화에서 그렇다는 것일 뿐. 여기에서 계속 살려면 정확한 발음을 알아야 했다. 하루는 문제집을 풀고 있는데 주문注文 읽는 법을 고르는 문제가 나왔다. 이거야 껌이지! 내가 일본 식당에서 주문을 얼마나 많이 해봤는데! '주문'의 일본어는 한국어와 발음이 매우 비슷해서, 지금까지 일본 식당에서 수도 없이 "쥬몬 오네가이시마스"라고 외쳐왔다. 다들 무슨 말인지 알아들었으니 이게 맞겠지. 자신 있게 보기 중에 쥬몬じゅもん을 골랐고, 장렬하게 틀렸다. 아니, 도대체, 왜?

해설집을 보고서야 알았다. 음식 주문은 츄몬ちゅうもん, 注文이고, 마법 주문은 쥬몬じゅもん, 呪文이었다. 게다가 음식 주문의 '츄'는 장음, 마법 주문의 '쥬'는 단음이었다. 나는 지금까지 식당에서 음식 주문이 아니라 마법 주문을 부탁해 온 거군. 지금까지 얼토당토않은 제 말을 알아들어 주신 수많은 종업원분들, 정말 고맙습니다….

N2 공부는 생존을 위해 일단 허겁지겁 주워 담아 마음대로 엮어버린 일본어 구슬을 하나하나 제대로 다시 엮어가는 과정이었다. 더 이상 얼렁뚱땅 의미를 가늠할

수는 없었다. 눈치껏 통하는 대로 말해왔던 일본어 단어를 다 풀어서 한자와 일대일로 맞추어야 했다. 비슷하게 생겨서 대충 추측해 읽었던 한자도 모두 하나하나 풀어서 제대로 의미를 파악해야 했다. 신라면의 나라에서 왔으면서도 매울 신辛과 다행 행幸조차 구분하지 못해서, '불행'을 '맵지 않음'으로 멋대로 해석한 후 틀리기도 하면서…. 문맹을 탈출하는 과정은 희뿌옇던 세상을 약간 밝게 만드는 과정이었고, 이 깨달음과 함께 N2 합격증이 주어졌다.

그리고 대망의 N1. 이때부터는 정말로 떨어질 것 같다는 불안감이 엄습해 왔다. 자투리 시간을 어떻게든 확보해서 공부해야지. JLPT 단어 암기용 모바일 앱을 구매해 틈이 날 때마다 열어 보았는데, 도저히 머릿속에 들어오지 않았다. 언어의 기본은 단어가 아니던가. 그러나 외국어 단어 하나 외우지 못해도 응용언어학 박사가 될 수 있다는 충격적인 사실! 나 자신이 이 사실을 증명하는 살아 있는 증거! 이걸 어쩌나….

외국어 교육론을 공부할 때, 학습 스타일로 장 독립적field-independent, 장 의존적field-dependent 스타일이 있다고 배웠었다. 장 독립적인 학습자는 나무 하나하나를 보고 체계적으로 정보를 구조화할 수 있는 사람이라면, 장 의존적인 학습자는 숲을 보고 주변의 맥락과 틀에 영향을 받는 사람이다. 나는 단어 하나하나를 떼어서 보는 게 어려운 걸 넘어 고통스러웠고, 아무리 머릿속에 욱여넣어도 금방 사라졌다. 중학생 때부터 책을 사면 목차부터 읽고, 단어를 외우라고 하면 차라리 본문을 다 외워버리지 않았던가. 학습 스타일 테스트를 해본다면 아마 장 의존적 99퍼센트가 나올 사람이 바로 나였다.

문맹을 탈출하기 위해 시작한 N1 공부인데, 시험에 스트레스 받아 주객이 전도되면 아무런 의미도 없었다. 내가 하고 싶은 건 글을 읽는 거지, 한자 하나하나를 외우느라 스트레스 받는 게 아니야. 학습 스타일 자체가 이런 걸 어떡해. 언어지식 파트는 문제집 반 정도를 풀었을 때 깔끔하게 포기하기로 결정했다. 도움이 안 될 거라는 판단에서.

대신에 독해 파트만은 처음부터 끝까지 전부 풀었고, 내가 왜 내 돈을 내고 고문을 당하고 있는지 의문이 드는 글이라도 끝까지 매달렸다. 과학의 객관성과 철학의 필요에 대한, 도대체 한국어로 봐도 무슨 말을 하는지 알 수 없는 글이라도. 장 의존적 학습자가 할 수 있는 거라고는 이것뿐이었으니까. 그나마 이 파트가 나에게 맞는 옷이었으니까. 남은 모든 시간을 독해에만 썼고, 겨우 N1에 합격할 수 있었다. 언어지식 28/60점, 독해 42/60점, 청해 60/60점으로.

N2 공부가 일본어 구슬을 꿰어가는 과정이었다면, N1은 내 몸에 맞추어 구슬로 드레스를 만들어가는 과정이었다. 모아온 구슬을 꿰어내는 데 그치지 않고, 나 자신의 학습 스타일을 파악해서 나에게 맞춘 드레스를 만들어야 했다. 물론 단어를 많이 모으지 못했기 때문에 드레스가 누더기처럼 구멍이 송송 뚫려 있긴 했지만, 문맹이라는 오명을 가려줄 정도는 되었다. 자, 어떻게든 일본어 문맹이었던 나 자신은 가린 셈이야. 이제부터 일본어 추상의 세계로 한 발짝 내디뎌야지.

좋아하는 재료로

언어 실력을 요리하기

학교 영어 시험, 수능, 토익, 토플, 텝스, 토익 스피킹…. 한국에서 태어나 영어를 배운 사람의 숙명은 영어 시험을 피할 수 없다는 거다. 한국에서 태어나 성인이 될 때까지 한국에서 영어를 배웠던 사람답게, 시험마다 고득점을 위해 한 몸 불살랐다. 기진맥진해서 '더 이상 힘든 시험은 없겠지'라고 생각하는 순간, 항상 내 순진함을 비웃듯 더 어렵고 힘든 시험이 등장하곤 했다. 산을 하나 오르면 또 산이 있고, 그 산을 오르면 더 가파른 산이 있고…. 수능을 끝내면 토플이 두 팔 벌려 나를 환영했고, 토플 점수를 얻고 나서는 GRE(미국 대학원 입학에 필요한 시험)가 기다렸다는 듯 나를 맞아주었다. 아, 끝없는 시험의 산이여.

일본어 시험은 단 두 번만에 끝나버렸다. JLPT N2와 N1. 아니, 뭔가 다음 게 또 있어야 될 것 같은데 왜 없지? 외국인이 대상인 일본어 시험은 이게 끝이었다. 더 노력하고 싶은 사람은 N1 만점을 노리기도 하던데, 그렇게까지 하고 싶지는 않았다. 문맹 탈출을 위해서 봤던 JLPT인데, 더 이상 시험 공부를 해봤자 문해력이 올라갈 것 같지도 않았으니까.

언제나 다음 깃발을 향해 공부를 이어갔는데, 다음 깃발이 보이지 않으니 길을 잃은 기분. 영어 공부는 깃발이 너무 많아서 문제였는데 왜 일본어는 다음 깃발이 안 보이지? 시험도 다 끝냈고, 이제 생활도 그럭저럭 편하고, 전화도 잘 걸고, 관공서도 잘 가고, 파출소 가서 자전거 도난 신고도 잘하고, 서류 처리도 잘하고, 수업에서 학생들과 이야기도 잘하고, 수업에 나오는 영문 텍스트 정도는 일어로 해설해 줄 수 있게 되었다. 더 공부해야 할 이유를 모르겠어….

공부와 연습을 지속해 나갈 동기는 어디에서 찾아야 하는 걸까? 일본에 처음 왔을 때 내 언어 학습 동기는 '빡침', 열등감, 비참함, 그리고 분함이었다. 내가 하고 싶은 말을 하지 못하니 상황이 원하는 대로 흘러가지 않아서 내가 나에게 '빡치는' 게 일상이었다. 다른 한국인은 잘만 하는데 나는 물을 쏟았다거나 앞 접시 하나 달라는 말도 못 해서 누군가에게 부탁해야 하는 열등감과 비참함, 서양인이 일어를 못하면 외국인이라 그렇다고 이해받지만 검은 머리의 동양인이 일어를 못하면 은근히 태도가 바뀌는 데서 느끼던 분함. 이 모든 눈물과 씩씩거림이 일본어 공부의 동기가 되던 때도 있었다. 그런데 이제는 그럴 일도 거의 없다.

마음에 불씨를 확 당기는 일이 있어야 공부를 지속할 수 있는데, 울분에 차서 활활 타오르던 열의는 이미 미지근한 물처럼 식어버린 지 오래. 한자는 여전히 잘 모르지만, 한자를 공부해서 불편함이 해소된 게 아니라 한자를 모르는 상태에 익숙해져 버렸다. 바로 눈앞의 페트병만 봐도 그렇다. ボトルは資源! 저 한자가 뭔지는 모르지만 페트병에 적혀 있고 순환하는 그림이 있는 걸 보니, 페트병은 자원이라는 뜻이겠지. 확인해 보지도 않았다. 매사 이렇게 대충대충 넘어갔고, 당연히 한자는 내게 남지 않았다. 읽는 법 따위 알 리도 없었다. 아니, 20년 전의 가수도 말하지 않았냐고. 젓가락질 못해도 밥 잘 먹어요. 한자 몰라도 번역 앱 잘 쓰고 말만 잘하면 된 거 아니야?

언어 정체기에 빠져 있던 그때, 한국에서도 유명한 도쿄대 명예교수이자 사회학자인 우에노 지즈코의 도쿄대 입학 축사를 우연히 다시 접하게 되었다. 2019년 처음 한국어 번역으로 읽었는데도 무언가 뜨거운 것이 올라오던 그 축사. '갓생'을 살면서 도쿄대 최고가 되라는 말이 아니라, 노력해도 보상을 얻기 어려운 상황에 처한 사람이 많으니 자신의 능력을 자신을 위해서만 쓰지 말고 나누라는 말. 자기 자신의 약함을 그대로 인정하고 서로 도우며 살라는 말. 약자가 강자가 되는 게 아니라, 약자가 약자 그대로, 자신 그대로 살 수 있는 사회를 만들어야 한다는 말. 이런 메시지를 원문으로 읽었더니 색다른 벅차오름이 있었다.

そして 強がらず、自分の 弱さを 認め、支え合って生きて ください。

그리고 강한 척하지 말고, 자신의 약함을 인정하고, 서로 지지하며 살아가도록 하십시오.•

강한 척을 強がり라고 하는데, 지금까지 애니메이션에서 센 척하는 캐릭터에게 쓰는 것만 봤었다. 일상에서는 이렇게 쓸 수도 있구나. 한국어는 '서로 지지하다'를 부사 '서로'와 동사 '지지하다'를 써서 표현하는데, 일본어는 동사 支える지지하다와 동사 合う서로 ~하다를 붙여서 支え合う서로 지지하다라는 복합동사로 표현하는구나. 서로가 '합合'이 되는 것 같아서 신기하네. 일부러 축사 영상은 보지 않고 남겨두었다. 영상까지 보면 또 벅차오를 게 분명하니까.

마음에 불을 확 당기는 게 없다면, 내가 직접 불을 확 당겨줄 라이터를 찾아야 했다. 나한테 한자를 하나하나 외우라고 하면 작심삼일이 뭐야. 작심 30분 만에 때려치워 버리지. 아직도 너무 깨끗한 일본 상용한자 책처럼. 나를 30년쯤 썼으니 이제 나 사용법을 나도 대충은 알아. 나는 나무 하나하나를 보는 것보다 숲을 보는 걸 좋아하고, 숲속에서 나무를 살펴보는 걸 좋아하지. 그러니까 책을 읽으면서 그 안에서 한자를 외워가는 게 좋겠어. 한자 하나하나를 떼놓고 공부하는 것보다.

도쿄대 축사를 쓴 우에노 지즈코 교수가 마침 청소년 대상 책을 막 출판한 참이었다. 그래, 이거다! 두근거리는 마음을 안고, 퇴근하자마자 집 앞 서점으로 달려가 처음으로 서가를 뒤져서 책을 샀다. 어느 섹션에서 책을 찾아야 할지도 몰라서, 서가에 꽂힌 책들의 제목을 차례차례 읽어가며 겨우 찾았다. 『女の子はどう生きるか(한국어판: 착한 소녀는 사양합니다)』를 그렇게 처음 펼쳐보게 되었다. 아니, 세상에… 못 읽겠어요. 모든 문자가 암호 같은 느낌. 이걸 어떻게 다 읽지?

다행히 오디오북이 있었다! 나는 JLPT N1 언어지식 28/60점, 독해 42/60점, 청해 60/60점에 빛나는 오타쿠 일본어 학습자로, 한자를 읽지는 못해도 누군가 읽어주는 걸 들으면 의미를 짐작할 수는 있다. 이동할 땐 오디오북을 들으면서 내용을 이해하고, 시간이 있을 때는 책을 펼쳐놓고 귀로는 오디오북을 들으면서, 눈으로는 문자를 훑으면서 새로운 단어도 한자도 메모했다. 오디오북은 속도를 조절할 수 있어 오디오북만 들을 때는 보통 속도로, 책을 읽으며 들을 때는 느린 속도로 조절하며, 귀와 눈을 맞춰나갔다.

원어로 책을 읽어가면서 일본 사회에 대해서 새로 알게 된 것들이 많다. 일본은 남편을 '主人슈징, 주인'으로, 아내를 한국어의 안사람처럼 '奥さん오쿠상, 奥는 '안'을 뜻함'이라고 부르는데 최근에는 어떤 변화가 있고 대체 표현은 무엇인지, 전업주부는 연금을 어떻게 받을 수 있는지, 기업의 일반직과 종합직의 차이는 무엇이고 왜 그런 차이가 생겼는지 등. 한국과 비슷하면서도 다른 점이 많아서, 일본어 자체는 어려웠지만 흥미롭게 읽어나갈 수 있었다.

더 이상 내게 맞는 학원 강좌도 교재도 시험도 없다면, 내가 만들어나가야 했다. 요즘 같은 세상에 언어 실력을 늘릴 수 있는 재료는 어디에나 널려 있다. 이제 남은 건 내가 요리조리 요리하는 것뿐. 한자 하나하나를 공부하는 게 싫어? 그럼 책을 읽어! 책이 너무 어려워? 그럼 어려운 걸 감수하고 계속 읽을 만큼 흥미 있는 주제를 골라! 그래도 읽기 어려워? 그럼 오디오북이랑 같이 들어! 더 이상 아무도 언어 학습의 레시피를 알려주지 않는 때가 온다. 그때부터는 내가 내 레시피로, 재료를 요리해 가야 한다.

언어 학습의 불씨를 확 당겨, 그 불에다 언어 학습의 재료를 올리고, 내 레시피대로 썰고 볶고 지지고 끓여야 했다. 일정 단계가 지나면 내 손으로 직접 만들어갈 수밖에 없구나. 청소년 도서를 한 권 뗐으니, 앞으로는 어른들이 보는 책을 읽어보고 싶어. 한국어 번역서가 없다 해도 바로바로 읽어나갈 수 있도록. 그러다가 또 불이 약해지면, 도쿄대 축사 영상을 보고 다시 불을 확 당겨야지.

• WAN Women's Action Network 홈페이지에 게시된 조승미 님의 번역문을 인용했습니다.

좋아서 하는
언어 공부,

느슨하게 곱해
뻗어나가기

외국어 교수자 그리고 외국어 학습자. 정반대의 역할로 살아가면서, 이 역할이 서로 어긋나고 있는 건 아닌지 항상 확인하곤 했다. 외국어 교수자인 내가 "이 주제에 대해 세 문장 써보세요"라고 해놓고, 외국어 학습자인 내가 세 문장을 쓸 수 없다면 그 어떤 학생도 나를 신뢰하지 않을 거니까. 학생들이 토익을 보러 가면 나는 JLPT 성적표를 띄운 후 "저도 했으니 여러분도 할 수 있어요~"라고 말했고, 학생들이 영어 말하기를 주저하면 "저도 지금 외국어로 이야기하고 있잖아요~ 여러분도 저한테 외국어로 한마디만 건네보세요~"라며 능청을 떨곤 했다. 적어도 내가 가르치는 학생의 영어 실력과 내 일본어 실력이 비슷했으면 했다. 내가 하지 못하는 걸 학생에게 시키고 싶지 않았으니까.

외국어 연구자 그리고 외국어 학습자. 동시에 이 두 역할로 살아가면서, 연구자가 되기 위해 배웠던 이론을 학습자가 되어 언어를 배울 때 그대로 실험해 보기도 했다. 뭐 하러 실험 참여자를 따로 찾아? 내 몸뚱이가 있는데! 내 머리로 이론을 끄집어 내고, 내 몸뚱이로 이론을 실천해 보면 되었다. 연구자 머리가 '이런 이론이 있던데 이렇게 해봐'라고 이야기하면, 참여자 몸이 그대로 실천

한 후에 데이터를 제공하면 되었다. 한 몸에 여러 역할을 지니고 다니는 건 참 편리해. 암, 그렇고말고.

미국에서 박사과정을 시작했을 때 지도교수님께서 했던 이야기가 있다. 언어를 더하기로 생각하지 말고 곱하기로 생각해 보라고. 한국어+영어+일본어, 이렇게 3개 국어가 되는 게 아니라, 한국어×영어×일본어라고. 각 언어로 할 수 있는 능력이 서로 곱해지면서 확장되는 거라고. 언어 실력은 나무처럼 뿌리부터 시작해서 줄기로 올라가 잎을 피우는 게 아니라고. 복잡하게 연결되어 있는 신경세포처럼 옆으로 쭉쭉 엮어 뻗어나가는 거라고. 그런데 그 전에, 언어에 칸막이를 두는 게 과연 의미가 있냐고. 이탈리아어와 스페인어는 다른 언어라고 구분하지만, 서로 이야기하면 쉽게 알아듣는데. 마침 이탈리아어를 하는 학생도, 스페인어를 하는 학생도 교실에 있었다. 각자의 언어로 대화하기 시작했는데 정말로 서로 어느 정도 이해하는 것 같았다. 다른 언어를 쓰는데도 말이 통한다니! 이 현상 자체는 신기한데, 언어에 이름을 붙여서 구분하는 건 너무 당연한 거 아닌가? 한국어를 한국어라고 부르고 스페인어를 스페인어라고 부르지 그럼 뭐라고 불러. 언어 간의 경계를 없애보면 어떠냐는 지도교수님의 말은 아무리 생각해도 동의할 수가 없었다. 아니, 상상 자체가 되지 않았다.

한국에서 태어나고 자라, 한국어와는 닮은 꼴을 찾으려야 찾을 수가 없는 영어를 두 번째 언어로 온갖 고생 끝에 겨우겨우 배운 사람에게는 이해가 안 되는 말이었다. 한국어와 영어는 서로 다른 언어, 한국어는 가족이나 한국인과 이야기하기 위해 필요한 언어, 영어는 미국에서 공부를 하기 위해 필요한 언어. 내 안에서는 이렇게 완전히 딱딱 구분되어 있는데, 어떻게 이 구분을 없애는 걸 상상해 보라는 거지?

그 수업으로부터 9년 후. 미국 강의실의 학생에서, 일본 강의실의 선생이 되었다. 학생들과 성 중립 교복 도입에 관한 영어 기사를 읽던 중이었다. 제목부터 함께 읽었는데, school uniform이라는 단어가 있었다. 학생들이 이해했는지 확인하기 위해 물어보았다. 여러분, school uniform이 일본어로 뭐죠? 네, 맞아요. 제복制服이에요. 일본에서는 제복이라고 하지만 한국에서는 교복校服이라고 합니다. 한국에서 제복이란 말은 군인이나 경찰에게 써요.

한국인인 저에게는 학생에게 제[制, 절제할 제]라는 한자를 쓰는 게 좀 어색하게 느껴져요.

기사를 읽어가다 보니 설명이 필요한 표현이 여럿 보였다. 성 중립을 뜻하는 gender-neutral도 그중 하나였다.

여러분, gender는 뭐죠? 예, 일본어로 성[性]이라고 옮기는 경우도 있지만 요즘은 그대로 젠다-[ジェンダー]로 옮기는 경우가 많더라고요. 그럼 neutral은 뭔가요? 중립이란 뜻입니다. 한자로 쓰면 性 中立이겠지만, 요즘은 가타카나로 ジェンダーニュートラル라고 쓰기도 합니다. 성별에 관계없이 입을 수 있는 제복을 이야기하고 있어요. 치마든 바지든 리본이든 넥타이든 학생이 원하는 대로 선택해서 입으면 되는 거죠.

영어로만 이 수업을 할 수는 없었다. 일본은 초등 및 중등교육에서 영어 수업 시수가 한국만큼 많지 않기 때문에 gender와 neutral 같은 단어는 설명이 꼭 필요했다. 일본어로만 이 수업을 할 수도 없었다. 이 수업의 목적은 영어 실력을 늘리는 거니까.

한국어는 알아듣는 학생이 적으니 거의 쓸 수 없었지만, 종종 일본어나 영어와 비교하기 위해서 일본 학생들도 잘 알고 있는 한국어 단어를 예로 들곤 했다. 가령 일

본어의 '可愛い카와이'와 영어의 'cute'와 한국어의 '귀여운'을 서로 비교하면서, 겉으로는 세 단어가 똑같은 의미를 갖고 있는 것처럼 보이나 실제로는 그렇지 않다는 걸 설명했다. 예를 들어 쇼핑몰의 에스컬레이터에서 내 앞에 있던 일본인 여자 두 명이 "카와이한 옷 사고 싶어"라고 하는 걸 들었는데, 한국어라면 아마 "예쁜 옷 사고 싶어"라고 말하지 "귀여운 옷 사고 싶어"라고 말하지는 않을 거라고. 영어로 "I want to buy cute clothes"라고 하면 정말로 아이들이 입을 법한 리본과 레이스가 달린 옷을 뜻하지, 에스컬레이터에 있던 성인 여성이 입을 법한 "카와이한 옷"과는 거리가 있다고. 可愛い와 cute와 귀여운은 각각 의미하는 범위가 다르다고. 언어를 배운다는 건 내가 의미하는 바를 정확히 표현해 주는 새로운 단어를 공들여 고르는 거라고.

일본어도 아니고 영어도 아니고, 그렇다고 한국어는 더더욱 아닌 짬뽕어를 말하며 수업했다. 수업은 늘 이런 식이었고, 생활도 매일 이런 식이었다. 무슨 언어라고 단정할 수 없는 괴상한 말을 계속 이어가던 어느 날, 지도교수님의 말이 그때서야 떠올랐다.

교수님이 말한 게 이런 이야기였어? 다국어는 더하기가 아니라 곱하기라는 게? 언어 사이에 칸막이를 둘 필요가 없다는 게? 머리가 이론을 이야기하면 몸이 실천할 줄 알았는데, 그 반대였다. 몸이 이미 자연스레 하고 있던 걸 머리가 늦게야 짜맞추어 깨달았다. 한국어 뇌, 영어 뇌, 일본어 뇌를 갖고 하나하나 스위치를 바꾸어가며 쓰는 게 아니라, 이 모든 걸 섞어 쓰며 서로 다른 일을 해낼 수 있었다.

한국 아이돌을 예로 들어 학생들의 흥미를 이끌어내면서 영어와 일본어로 수업을 할 수도 있었고, 현지어를 못해서 곤란해하고 있는 관광객에게 영어도 일본어도 건네가며 도와줄 수도 있었다. 일본어를 배우고 일본 사회에 적응하며 겪은 이야기를 영어 논문으로 엮어서 국제적인 학술지에 출판할 수도 있었고, 언어에 관심이 많은 한국의 고등학생들에게 특강을 하러 갔을 때 일본과 미국에서 현지어를 통해 했던 경험을 한국어로 전달할 수도 있었다. 한국어, 일본어, 영어를 칸칸마다 딱딱 넣어둘 필요가 없었다. 그냥 매일 자연스럽게 짬뽕어를 쭉쭉 늘려나가면 되는 거였다.

언어를 더 잘 쓰게 된다는 건 언어1, 언어2, 언어3을 각각 100점으로 끌어올리는 게 아니었다. 언어 학습이 사지선다 문제에서 하나의 답을 고르는 것만이 아닌 것처럼. 언어 학습은 언어1, 언어2, 언어3 사이를 가로지르며 내 능력을 확장하는 거였다. 영어만 하는 원어민이 일본에서 영어를 가르친다면, 언어 학습자의 고충을 공감하며 수업할 수는 없었을 거다. 일본어와 영어만 하는 일본인이 영어를 가르친다면, 정서가 비슷하지만 동시에 많이 다른 동아시아의 예를 들어가며 영어 수업을 하기는 어려웠을 거다. 다언어자가 된다는 건 언어의 수를 계속 더해가는 게 아니라, 의미의 도구를 하나하나 곱해가는 거였다. 어떤 상황에 누구와 남겨지든 가장 나나운 방식으로 나의 말을 건넬 수 있도록.

일본 사회로 뚜벅뚜벅 걸어가기

02

“황혼보다도
더 어두운 것,

흐르는 피보다
더 붉은 것”

진홍색 흩날리는 머리, 검은 헤어밴드, 큰 구슬이 박힌 갑주, 붉은색 쫄쫄이 마법사용 코스튬. 스크린 안의 캐릭터가 눈을 감고 손을 이리저리 움직이며 주문을 외웠다. "황혼보다도 더 어두운 것, 흐르는 피보다 더 붉은 것…." 몇 소절 주문 끝에 캐릭터가 외쳤다. "마법의 심판!"

흰 장갑을 낀 캐릭터의 손안에서 빨간색 마력의 공이 점점 커졌고. 캐릭터가 "마법의 심판!"을 외치는 그 순간 날아간 공은 적에게 명중해 적과 적 주위를 전부 다 태워 버렸다. 눈을 뗄 수 없는 화려한 색의 대비, 마법을 날리는 캐릭터의 유쾌한 표정, 밝다 못해 속이 뻥 뚫리는 성우의 목소리, 그리고 마법에 맞은 모든 게 다 날아가는 속시원함. 이 장면은 어린 초등학생에게 쇼크 그 자체였다. 세상에, 이런 세계가 있다니.

2000년대 당시 여자 초등학생에게 허락되는 역할은 너무 한정되어 있었다. 공부 열심히 하는 학생, 엄마 말 잘 듣는 딸, 친구들 사이에서 인기 많은 애, 방송 댄스나 노래를 잘하는 수련회 장기 자랑 에이스 등등. 그 어디에도 내 자리는 없는걸. 현실에 내 자리가 없다고 느끼는 만큼, 스크린 안으로 더 깊게 빠져들었다. 나도 저렇게 시원시원하고 센 캐릭터가 되고 싶어. 남자 캐릭터와 사랑에 빠져서 보호받는 게 아니라, 내가 '짱' 세져서 내가 다 부숴버릴 거야. 이 캐릭터는 스트레스가 쌓이면 쇼핑을 하는 게 아니라 동네 불량배나 도적들을 때려잡는대. 스트레스도 풀고 보물도 얻으니까 더 좋은 거 아냐. 나도 다 때려 부숴버리고 싶어.

어렸을 때, 엄마가 비디오 가게에서 디즈니의 〈뮬란〉을 골라 내 손에 들려준 적이 있다. 다른 만화영화랑 다르게 〈뮬란〉은 아들이 아니라 딸이 긴 머리를 자르고 아빠 대신 군대에 들어가 적과 싸워 나라를 구하는 영웅이 된다고. 여자도 영웅이 되는 이야기를 봤으면 좋겠다고. 〈뮬란〉을 보고 집에서 막대기를 휘두르며 무술 연습을 하던 유치원생은, 여자 주인공이 모든 걸 다 쓸어버리는 애니메이션을 보고 주문을 외우는 초등학생으로 진화했다. "황혼보다도 더 어두운 것…."

무술 연습은 막대기만 들어도 되지만 마법 연습은 말을 해야 했다. "황혼보다도 더 어두운 것…"은 어느새 "타소가레요리모 쿠라키모노…"가 되어 있었다. 무엇이든지 찾아볼 수 있는 인터넷의 시대가 출범한 데 발맞춰서, 이 애니메이션과 관련된 온갖 정보를 모두 파 내려가

기 시작했다. 한자로 자기 이름조차 쓰지 못하던 초등학생이 이 캐릭터를 연기한 성우의 이름은 한자로 쓸 수 있게 되었고, 2000년대 초반 한국을 휩쓸었던 이효리의 텐미닛 가사는 몰랐지만 애니메이션 주제가는 심지어 일본어인데도 4분 동안 아무것도 보지 않고 부를 수 있게 되었다. 영어 문법은 동사가 뭐고 명사가 뭔지도 이해하지 못했지만, 일어 문법은 반복되는 표현을 보고 대충 조사 を는 '을/를'이구나, は는 '은/는'이구나, が는 '이/가'구나, 하고 맞추어 깨칠 수도 있었다. 초등학생 머리로도 이 정도는 가능했다. 그냥 그 세계에 푹 빠져 있었으니까.

애니메이션 정보를 얻기 위해 자주 가던 팬 페이지가 있었다. 이 팬 페이지의 주인은 아예 이 애니메이션과 원작 소설을 통해 일본어를 배웠다고 했고, 최신 소식과 자료를 바로바로 전해주었다. 극장판이 새로 나왔다거나, 소설 다음 편이 나왔다거나. 어머, 애니메이션 주인공에 이어 팬 페이지 주인마저 너무 멋있어 보였다. 나도 저렇게 되고 싶어. 서점에 가서 일본어 책을 샀다. "무료 동영상 강의!" 스티커가 반짝이는 책으로.

집에 돌아오자마자 출판사 홈페이지에 들어가 동영상

강의를 틀어보았다. 칠판 앞에 선 선생님이 일본어 인사말을 소개했다. "격조했습니다ご無沙汰しております, 고부사타시테오리마스." 아니, 이게 뭐야. 격조라는 말을 듣지도 보지도 못했던 초등학생은 그날로 책을 덮고 두 번 다시 펼치지 않았다. "황혼보다도 더 어두운 것…"과 "격조했습니다"는 스크린 세계와 현실 세계만큼 차이가 컸으니까.

스크린 안의 새로운 세계, 그리고 그 새로운 세계의 사람들이 쓰는 새로운 언어. 초등학생에겐 이 세계와 이 언어가 진짜였다. 한국어로도 "격조했습니다"를 말해본 적이 없는데 일본어로 이걸 왜 배워야 해? 마법 주문 하나 더 외우고, 노래 하나 더 찾아 듣고, 신작이 닳고 닳을 때까지 보고, 굿즈 하나 더 모으는 게 훨씬 더 중요했다.

생텍쥐페리는 말했다. 큰 배를 만들게 하고 싶으면 배 만드는 법을 가르치기 전에 먼저 바다에 대한 동경을 심어주라고. 바다에 대한 동경을 누가 심어주고 말 것도 없었다. 알아서 저 스크린 안의 세계로 나뭇가지 하나 붙들고 수영해 가고 있었으니까. 그러다가 일본어가 모자라면 한국어 번역을 찾아 읽으면서 나뭇가지 하나를 더 붙이는 식으로 얼기설기 뗏목을 엮어서 나아갔다.

인터넷에서 이런 말을 본 적이 있다. 더 이상 배우나 아이돌을 좋아하지 않게 되어 '탈덕'한다고 해도, 휴대폰이나 신용카드 비밀번호에 남은 최애의 생일은 그대로라고. 어린 시절의 '덕질'과 '최애'는 긴 흔적을 남긴다고. 무언가에 정신 차릴 수 없을 정도로 푹 빠져본 사람이라면 누구나 무릎을 탁 치면서 공감하는 말 아닐까.

애니메이션 오프닝에서 긴 머리를 휘날리는 캐릭터가 너무 멋져 보였던 나머지, 두발 제한이 있었던 중학생 때 이후로는 한 번도 긴 머리를 잘라본 적이 없다. 스크린 안의 캐릭터가 되고 싶어 코스프레 의상을 만들다가 익힌 수선 기술은 어른이 되어서도 쏠쏠한 도움을 주고 있다. 시원시원하고 털털하고 능력 있고 센 여성 캐릭터가 '최애'였던 덕에, 서른 살이 넘은 지금도 그런 사람을 이정표 삼아 나아가고 있다.

무언가를 순수하게 좋아했던 감정과 노력은 이렇게 몸에 그대로 새겨진다. 언어도, 성격도, 심지어 헤어스타일까지도.

바위의
검을 뽑아

왕이 되는
것처럼

'덕질'은 교통사고처럼 시작되는 거라고 한다. '이제부터 이 애니메이션을 좋아해야지'라고 생각하는 게 아니라, 어느 날 갑자기 애니메이션 캐릭터가 내 뺨을 때리며 "오늘부터 날 덕질해"라고 외치는 거라고. 그 말이 맞았다. 중학교 2학년, 아서왕이 등장하는 애니메이션이 나를 완전히 치고 가버렸다. 아서왕은 원래 남성이지만, 애니메이션에서는 여성으로 각색되어 등장한다. 바람에 날리던 금발 머리칼과 올곧은 캐릭터의 성격에 몸도 마음도 전부 빼앗겨 버렸다. 아서왕은 영국 왕이지만, 이제부터 그대는 나의 왕….

무언가를 좋아하게 되면 무언가에 통달하고 싶은 법. '최애' 캐릭터를 파고 파고 또 파다가, 아서왕 이야기의 원전까지 구해 읽게 되었다. 애니메이션에서는 미소녀인 아서왕이, 책에서는 위엄 넘치는 왕이 되어 있었다. 그 간극을 즐기며 책을 읽다가, 이 문장을 만났다. "나는 나였던 바의 존재이며, 나인 바의 존재이며, 나일 바의 존재입니다." 한 획 한 획 눌러 적어두었다. 왜인지는 전혀 모르지만 멋있었으니까.

시간이 한참 지나 잘 모르는 논문을 붙들고 매일 씨름하는 게 일상이던 대학원생 때, '언어 정체성'이라는 개념을 처음 접하게 되었다. 언어를 배우는 건 단순히 언어 지식을 수집하는 과정으로 축약될 수 없다. 언어를 통해 타인과 만나고, 사회와 접하고, 문화를 익히고, 때로는 좌절하고 실패하고 싸우지만, 동시에 기쁨과 행복과 보람을 누리며 그 언어로 자신의 모습을 만들어간다. 언어 정체성은 언어와 함께하는 기나긴 시간 동안 가능성을 그리고 시험해 보며 빚어가는 거였다.

아아, 그런 거였구나. 나였던 바의 존재, 나인 바의 존재, 나일 바의 존재는 각각 과거, 현재, 미래였구나. 아서왕이 나에게 해준 건, 내 '덕질 언어' 정체성을 만들어준 거였구나. 그리고 나는 이 정체성을 가지고 일본 사회와 접해온 거구나.

먼저 나였던 바의 존재. 처음으로 갖게 된 휴대폰 배경 화면에 아서왕 캐릭터가 결연한 표정으로 검을 잡고 있던 모습. 손가락 끝으로 하나하나 짚으며 읽어가던 히라가나의 낯선 느낌. 애니메이션의 일어 노래 가사를 전부 프린트해 한 장 한 장 손수 꽂아둔 A4 파일 뭉치. 노래 가사를 외우던 실력으로 겨우겨우 이해했던 애니메이션 시리즈들.

이렇게 쌓은 '야매' 일본어 실력은 아직 한국어 자막이 나오지 않았을 때 큰 도움이 되었다. 이 애니메이션의 새로운 시리즈가 나왔을 당시, 미국에 살고 있어서 영어 자막만 볼 수 있었다. 일본어를 듣고 영어 자막을 보며 의미를 끼워 맞췄다. 잘 모르는 일본어가 들리면 영어 단어를 보고 뜻을 짐작했고, 영어 단어로 직접 와닿지 않는 표현은 일본어로 들어 이해했다. 왼손에는 일본어 퍼즐, 오른손에는 영어 퍼즐을 들고 하나하나 의미를 끼워 맞췄다.

애니메이션 캐릭터가 말했다.

おい、その 先は 地獄だぞ오이, 소노 사키와 지고쿠다조。

그리고 영어 자막이 떴다.

That's hell you're walking into너는 지옥으로 걸어가고 있어.

나에게는 이렇게 다가왔다.

おい, 그 앞은 hellだぞ.

한국어처럼 바로 귀에 꽂혀서 이해가 갔던 부분, 한국어로 직역되지 않으니 일어 뉘앙스 그대로 받아들여진 부분, 일어 단어가 들리지 않아 영어로 이해했던 부분이 서로 섞여 있었다. 그렇게 세 언어의 퍼즐이 맞춰졌다.

"어이, 그 앞은 지옥이다."

나였던 바의 존재는 '덕심'을 발휘해 세 언어의 퍼즐을 끼워 맞춰나갔다.

다음으로, 나인 바의 존재. 이제 더 이상 중학교 2학년이 아니니, 화면 속 일본어 세계에서 현실 세계로 나가야 했다. 과거에서 흘러와 현실에 서 있는 나는, 더 이상 애니메이션에서 통하는 온갖 오그라들고 벅차오르는 일본어에 안온히 머무를 수 없었다. 길고 길던 대학원생 시절을 지나 이제 일본에서 어엿한 성인으로, 어엿한 대학 교원으로 서야 했다. 일본에서 처음 살게 될 집에 입주해 정리를 하고 있던 어느 날, 전혀 예상하지 못했던 전화가 한 통 걸려왔다. 아파트 관리 회사였다. 입주자 전용 웹사이트에 가서 무언가를 확인하라고 했다. 웹사이트에 접속해서 버튼을 누른 다음 어찌어찌 화면에 왔는데, 당시 나는 '도착했다'는커녕 '왔다'라는 단어조차 몰랐다. 이 화면에 왔다는 걸 어떻게 말해야 해. 그때 한 애니메이션의 주제곡 가사가 어렴풋이 떠올랐다.

"온갖 역경을 딛고 적을 무찌르고 나아가 겨우 다다른 곳에서는 너의 미소가…."

여기서 쓰인 단어는 'たどり着く 타도리츠쿠, 온갖 역경·고난·고생 끝에 겨우 다다르다'다. 정말이지 떠오르는 건 이 동사밖에 없었다.

"제가 그 화면에 겨우 다다랐는데요."

이게 아니라는 걸 알면서도 이렇게 말할 수밖에 없는 이 답답함과 자괴감. 졸지에 나는 온갖 적을 무찌르고 역경을 극복하면서 웹사이트 화면을 연 외국인이 되었네. 아주 오그라들고 벅차오르는군.

마지막으로, 나일 바의 존재. 이제 현실에서 미래로 한 걸음 한 걸음 옮겨가야 했다. 오그라들고 벅차오르는 언어는 2D 세계 안에 남겨놓고, 답답함과 자괴감을 동력 삼아 한 발짝씩 계속 내디뎌야 했다. 당장 학교에서 날아온 고용계약서도 읽을 수가 없었고, 엑셀 포맷에 맞춰서 일본어로 이력서를 다시 써 제출하라고 하는데 번역기를 봐도 뭘 어떻게 써야 하는지 전혀 알 수가 없었다. 학교 도장도 찍혀 있고 마크도 박혀 있는, 두꺼운 종이에 인쇄된 무언가가 배달되어 왔지만 이게 무슨 서류인지도 알 수가 없었다. 뭔가 중요해 보이니까 그냥 잘 모아놓기만 하겠습니다….

아서왕은 소년 시절 바위에 박힌 검을 뽑고 왕이 된다. 검을 한 번 뽑으면 되돌아갈 수 없다는 멀린의 말을 듣고서도, 왕이 되겠다는 굳은 결심을 하고 검을 뽑는다.

하지만 각색된 애니메이션의 아서왕은 자신이 왕이 되면 안 되었다고 계속 자책한다. 자신처럼 무능력한 사람이 왕이 되어서 나라가 멸망했다고, 왕을 다시 뽑아야 한다고. 그러나 과거를 바꿀 수는 없다는 걸 깨닫고, 앞으로 죽 나아가는 엔딩을 맞는다.

'덕질 언어' 정체성이 알려주었다. 과거에 수없이 해온 선택이 쌓여 지금의 언어 정체성을 만들었고, 또 만들어갈 거라고. 아서왕은 적과 싸우며 미래를 만들어나가지만, 나는 이제부터 이 현실 일본어 사회 안에서 어떻게든 살아가야 한다고. 아서왕이 바위에 꽂힌 검을 뽑아 왕이 되는 것처럼, 일단 일본에서 살기로 결정을 했으면 그대로 나아가야 한다고.

오사카식
타코야키처럼
터지는

조급함

우당탕 어떻게든 발붙일 곳을 찾고, 스크린 속 일본과 현실의 일본 사이에서 그나마 익숙해지고 있었을 때였다. 이제 이 낯선 나라에서 함께 밥도 먹고 커피도 마시고 놀러도 다닐 친구를 만들고 싶었다. 나도 일본 여행 브이로거처럼 여기도 저기도 가보고 싶고 맛난 것도 먹어보고 싶어. 죽이 되든 밥이 되든 부딪쳐 봐야지.

일본에 사는 한국인들이 모여 있는 카카오톡 오픈 채팅방, 다음 카페, 인스타그램, 페이스북을 떠돌았다. 어디서 누구를 만나야 할지도 몰랐다. 친구를 구한다는 글에 댓글을 썼다 지우길 수십 번. 인싸 자아를 입고 당당하게 카카오톡 오픈 채팅방에 들어갔다. 한 시간만 확인을 안 해도 100개가 넘는 메시지가 쌓여 있었다. 채팅을 정말 싫어하는 나에게는 쥐약이었다. 일단 '눈팅'부터 해봐야지, 분위기부터 보는 거야. 그런데 분위기를 보다가 말이 없다고 강제 퇴장당하기 일쑤였다. 번개 모임에 나가봤지만 겉돌기만 했다. 도대체 어떻게 해야 하지….

그렇게 노력에 노력을 거듭하다가, 일본에 사는 한국인들과 처음 만나게 되었다. 첫 모임에서는 오모테산도 거리를 한 바퀴 돌고 아이스크림을 사 먹었을 뿐이었다. 코로나 전이었다면 너무나 당연했을 일상인데도, 누군가를 만나 말을 하는 게 너무 오랜만이라 크게 놀랐다. 나는 5개월 넘는 기간 동안, 일본에서 그 누구와도 30분 이상 만나서 대화한 적이 없었다. 아무리 내향형 인간이라 하더라도, 가족, 친척, 친구, 지인을 5개월 동안 만나지 못하고, 말도 안 통하는 외국의 7평 원룸에 혼자 남겨진다면 견디기 어려울 것이다. 모임이 파하고 집에 왔더니 심장이 계속 뛰고, 당장 무슨 일이라도 생길 것 같은 불안감이 솟구쳤다. 그날은 처음이자 마지막으로 안정제를 꿀꺽 삼켰다.

나는 나에게 없는 걸 가진 사람들을 너무 많이 부러워했고, 너무 많이 동경했고, 너무 빨리 가지려고 했다. 일본에 오래 살았던 한국인들처럼 막힘없이 식사 주문을 하고 싶었고, 세련되게 자신을 꾸미고 싶었고, 괜찮은 식당과 카페를 여럿 알고 싶었다. 그러나 내가 갖고 싶었던 것의 실체는 타코야키 같은 거였다. 김이 모락모락 나는 타코야키는 꼭 반을 갈라 식혀가면서 먹어야 한다. 특히 오사카식 타코야키는 일부러 속을 고체보다 액체에 가깝게 덜 익히기 때문에, 그대로 먹었다간 입안이 전부 데어버린다. 식당 예약도 서류 처리도 전화 주문도 혼자 할 수 있는 일본어 능력이 너무 갖고 싶었다. 낯설고 말도 잘 안 통하는 이 사회에서 나를 도와주고 내 편이 될 사람을 간절히 원했다. 부러움과 동경과 소유욕과 애정이 어지럽게 엉겨 붙더니, 타코야키 팬 안에서 제멋대로 구르다가, 내 안에서 결국 다 터져버렸다. 주르륵, 용암처럼 터지는 반죽. 반죽이 흘러간 자국대로 내 마음도 검게 타버렸다.

그때 접한 한국인 모임은 내가 일본 현지를 처음 경험하는 접점이었다. 태어나서 처음 가보는 하코네의 료칸(일본의 전통 숙박 시설)은 충격투성이었다. 정갈하게 차려진 가이세키 요리(일본의 정찬)를 처음 봤을 때, 마음속 저 깊은 곳에서부터 탄성이 튀어나왔다. 세상에 어떻게 이렇게 정성을 들인 상차림이 있지. 세상에 노천탕이란 게 이런 거구나. 하반신은 따뜻해서 기분 좋지만 상반신은 차가워서 숨 쉬기가 편하네. 예전에 뜨거운 탕에 들어갔다가 갑자기 어지러워져서 쓰러진 이후로는 동네 목욕탕도 안 갔는데, 노천탕이라면 얼마든지 오래 있을 수 있겠어. 이런 신세계가 있는데 내가 지금까지 모르고 살았구나.

처음 타보는 가루이자와행 신칸센, 처음 먹어보는 긴자의 오마카세 초밥 코스, 처음 부쳐보는 오코노미야키, 처음 먹어보는 페닌슐라 호텔의 애프터눈 티와 식사. 벚꽃이 흐드러지게 핀 3월 말의 신주쿠교엔. 초록색 잔디가 너르게 펼쳐진 미술관. 여름의 푸릇푸릇한 생명력이 넘쳐흐르는 가와구치코 호수. 새로운 세계가 눈앞에 끝도 없이 펼쳐졌다. 7평짜리 방에 5개월간 갇혀 있던 사람에겐 치사량이었다.

더 이상 안정제를 삼켜야 하는 충격이 오지는 않았지만, 여전히 새로운 충격에 이리저리 부딪혔다. 어떤 말을 해야 할지, 어떤 행동을 해야 할지, 어딜 가야 할지 전혀 몰랐다. 식당 예약 같은 건 기를 쓰고 피했다. 어떻게 예약해야 하는지도 몰랐고, 내가 고른 곳을 모임 사람들이 싫어할지도 몰랐으니까. 아니, 내 밑바닥 센스가 드러날까 봐 무서웠다. 다들 어디서 이렇게 좋은 곳을 찾아오는데, 내겐 그런 능력이 전혀 없었으니까. "쟤는 저 나이 될 때까지 뭐 했대?" 아무도 이런 말을 하지 않았지만, 내가 나에게 하고 있었다. 너무 부끄러워서 『도쿄 카페 돌기東京のカフェめぐり』라는 책을 샀다. 책을 펼쳐 들고 소개된 카페와 식당을 구글 맵에 하나하나 저장했다. 이렇게 저장해 두면 누굴 데려가도 괜찮겠지. 책에 나온 곳이니까 적어도 평균은 되겠지. 내 바닥이 드러나는 일은 없겠지.

대학원 생활 6년 동안 대충 하고 살던 내 행동거지도 갑자기 신경이 쓰였다. 이 나라 여자애들은 전부 귀엽고 나긋나긋하고 날씬하고 예뻤다. 미국에서는 그냥 손에 잡히는 걸 입고 나가서 수업하곤 했는데, 일본에 온 이상 그렇게 다닐 수는 없었다. '여기서는 그렇게 하나 봐.' '이 나라 여자애들은 다 그렇게 하나 봐.' 숨 쉬기 힘들 만큼 습한 날씨에도 흘러내리지 않는 화장법을 검색했고, 만 보씩 걸어 다녀야 하는 날에도 펌프스를 신고 나갔다. 어느 날, 아무런 의미도 없는 리액션만 하다가 집으로 돌아와 다 까진 발을 보면서 생각했다. 나는 번지수를 잘못 짚어도 한참 잘못 짚고 있구나. 이걸 깨닫자, 내 마음속에 온갖 화상 자국을 남겼던 타코야키 반죽도 점점 식어갔다.

몇 년 후, 이사를 하게 되어 짐을 싸고 있는데 책장에서 책이 하나 뚝 떨어졌다. 『도쿄 카페 돌기』 그때 꼭 그렇게 강박을 느끼지 않아도 됐었는데. 내 바닥이 드러날까 봐 걱정하지 않아도 됐었는데. 그냥 온 지 얼마 안 되어서 잘 모른다고, 유들유들하게 넘기면 되는 거였는데. 책과 다른 종이들을 노끈으로 질끈 동여매며 생각했다. 아니, 이렇게나 쉽게 버릴 수 있는 거였는데. 내 조급함도 질끈 동여매서 훅 던져버렸다면 얼마나 좋았을까.

조급함은 오사카식 타코야키 같은 거였다. 아무리 맛있어 보인다고 해도 후후, 불어서 식혀 먹지 않으면 입 천장은 물론 식도까지 전부 다 데어버린다. 내가 되고 싶었던, 생활 일본어를 막힘없이 구사하는 세련된 도시 여성의 모습은 하루아침에 뚝 떨어지는 게 아니었다. 조급해할수록 용암처럼 흘러나오는 속 때문에 마음이 다 데어버릴 뿐이었다. 천천히, 후후 불어가며, 내 타코야키를 굴려 식혀야 했다. 더 이상 마음에 덴 자국이 남지 않도록.

명확함과 애매모호함의

이상한 불협화음

박사과정을 함께한 지도교수님은 메일을 쓸 때, 거의 모든 사회적 인사를 생략했다. 메일을 엄청나게 많이 처리하기 때문에 일일이 다 인사를 적을 수 없기 때문이었으리라. 내가 만든 수업 자료를 공유하면 "thank you"를 보내거나, 논문 계획을 말씀드리면 "go ahead" 두 단어로 회신했다. 지금까지 받아본 이메일 중에 가장 짧았던 건 "OK" 단 두 글자였다. 하지만 아무리 짧다고 해도 의미를 이해하는 데는 아무런 문제가 없었다. 간결했으나 동시에 매우 명확했다. 지도교수님의 뜻이 뭔지 몰라서 머리를 싸매고 고민하거나, 혹시 이게 수동공격이 아닐까 하고 의심한 적도 없었다.

일본에 온 후, 온갖 곳에서 여러 메일이 날아들기 시작했다. 초기에는 일본어를 거의 읽을 수 없었으니 항상 번역기에 의지했는데, 메일이 모두 틀에 박은 것처럼 똑같았다. 물 샐 틈도 없이 꽉 짜인 이메일 양식을 그대로 따르고 있었다. 메일 첫머리에 받는 사람을 쓰고, 뒤이어 "신세 지고 있습니다お世話になっております"가 등장하고, 끝머리에는 "잘 부탁드립니다よろしくお願いします"가 있었다.

양식은 아주 명확했지만, 의미는 아주 명확하지 않았다. 이게 도대체 무슨 말인지 한참을 고민해야 했다. 번역기를 돌려서 한국어로 봐도 무슨 뜻인지 이해할 수 없었다. 예를 들면 "잘 모르는 점이 있다면 연락 주시길 바랍니다" 같은 문장이 보여 질문을 하면, 질문하기 전에 매뉴얼을 먼저 보고 판단하라는 메시지가 몇 다리를 건너서 나중에 들려오곤 했다. 아니, 매뉴얼이 다 일본어인데 외국인은 어떻게 하라는 거야. 번역기를 아무리 돌려봐도 도대체 무슨 말인지 모르겠어서 질문한 건데. 매뉴얼을 보고 내가 판단해서 일을 진행하면 언제나 '빽' 당하기 일쑤였고, 시간이 꽤 지난 뒤에야 무엇이 잘못되었는지 알게 된 것도 여러 번이었다.

이렇게 하라는 건지, 저렇게 하라는 건지, 도대체가 알 수가 없고 물어보기도 조심스러워서 스트레스를 심하게 받았다. 뭐든지 "내 뜻은 말야I mean"를 남발하면서 자신의 의사가 완전히 전달되었는지 확인하는 영어와는 차원이 달랐다. 뜬구름 잡는 것 같은 알쏭달쏭한 말을 듣고 나면 상대가 무엇을 원하는지 추리해야 했다. "그러니 당신이 원하는 게 이겁니까?" 같은 말을 몇 번이나 반복하면서. 내가 지금 스무고개를 하는 건지 일을 하는 건지. 왜 명확, 간결하게 이야기하질 않지.

일 처리를 도대체 왜 이런 식으로 할까? 왜 자신이 원하는 걸 직접 말하지 않을까? 도대체 왜 당사자에게 바로 말하지 않고 몇 다리를 건너서 메시지를 전달할까? 형식은 너무나도 명확한데, 의미는 너무나도 애매모호했다.

애매모호의 늪에서 머리를 싸매고 고민하는 경우도 있었지만, 반대로 너무 명확해서 놀랄 때도 많았다. 동네 구역소의 일본어 교실을 다닌 게 계기가 되어, 같은 구역소에서 주최하는 다문화 행사에서 강연을 맡았을 때였다. 구역소에서 45명이 강의를 신청했다고 알려주었다. '아, 45명이 신청했으니 25명에서 30명쯤 오겠군' 하고 넘겨짚었다. 한국에서는 보통 그랬으니까. 토익 학원에서 조교로 일할 때는 수강생이 120명이라 해도 월말이면 수업 자료를 60부만 뽑을 정도였다. 월말로 가면 갈수록 수강생의 절반도 안 오는 게 사실이었으니까.

그런데 강연 당일, 화상 회의 프로그램을 열었더니 정말로 신청자가 거의 다 접속해 있었다. 3명이 오지 않았다고. 대부분 50~70대 분들이셔서 온라인 프로그램을 깔고 접속하는 것 자체도 쉽지 않았을 텐데. 이 강연뿐만이 아니었다. 학교에서 학술 세미나를 열어도, 이벤트를 기획해도, 오겠다고 한 사람은 거의 다 왔다. 아니, 이게 무슨 일이야. 신청자가 전부 오는 행사라니.

이 나라에서는 친구랑 밥 먹으러 가는 것도 한 달 전부터 일정을 맞추곤 한다. 물론 당일에 취소하는 일이 없는 건 아니었지만, 중요한 행사도 아니고 친구랑 밥 먹을 약속을 한 달 전부터 잡는다는 게 너무 신기하다. 한국에서 식당이나 서비스를 예약할 때는 보통 예약금을 지불했는데, 일본에서는 신용카드 정보도 묻지 않는 경우가 많다. 예약 당일 취소 시 비용을 전액 청구한다고 나와 있는데, 도대체 어떻게 청구한다는 건지. 예약을 해놓고 나타나지 않을 거라는 전제 자체가 없는 것 같다.

언어는 이렇게나 애매모호하고, 소통은 이렇게나 품이 많이 들지만, 실제 생활은 완전히 각 맞춘 듯 명확했다. 명확함과 애매모호함이 이렇게 이상한 불협화음을 이루는 곳이라니. 어디에 맞춰서 춤을 춰야 할지 알 수가 없다.

감정을 빚어,
색채를 입혀,

원하는
음량으로 전하기

일본은 한 해가 두 번 시작된다. 1월 1일, 그리고 4월 1일. 4월 1일을 기준으로 새 학기가 시작되고, 새 부서로 이동하고, 새집으로 이사한다. 입사도 이때 이뤄지는데, 이 시기를 '신생활 시즌'이라고 부른다. 가전제품 매장은 1인 자취용 가구를 모아서 신생활 가전 세일을 하고, 옷 가게는 신생활 정장 할인을 내건다.

우리 학교는 매년 4월 1일에 교직원이 한자리에 모인다. 작은 대학이지만, 전체 교직원이 모이면 큰 강당 하나를 꽉 채울 수밖에 없다. 올해도 이 모임에 가기 위해 강당으로 들어서는데, 내 눈앞에 검은색의 바다가 쫙 펼쳐지는 것만 같았다. 몇백 명이 약속한 듯 새까만 양복을 입고 강당에 일렬로 앉아 있다니! 어쩌면 이렇게 전부 모노톤일까! 그나마 예술 계열 선생님의 하와이안 셔츠, 교육 계열 선생님의 흰색 재킷 정도가 달랐다. 나는 감색 원피스, 빨간색 스카프, 연회색 정장 코트를 입고 있었다. 새까만 재킷 사이에서 옅은 회색, 그것도 재킷이 아닌 코트는 단연 눈에 띄었다. 그때 생각했다. 세탁기에 '탈수'가 아니라 '탈색' 버튼이 있다면 이런 옷만 남게 되는 걸까. 사람을 컨베이어 벨트로 찍어내면 이런 느낌일까. 도대체 이 말도 안 되는 색깔 대비는 뭐지. 강당 밖은 온통 분홍

빛 벚꽃 향연. 강당 안은 마치 복사와 붙여넣기를 수차례 반복한 것만 같은 새까만 사람들 몇백 명.

일본의 풍경은 투명한 수채화 물감으로 칠한 것 같았다. 길거리의 풍경도, 옷 가게에 걸린 옷들도, 플랫폼에서 열차를 기다리는 사람도, 땡- 땡- 땡- 하며 차단기가 올라가는 열차 건널목도, 해 질 녘의 하늘 색깔도. 선명한 색의 옷을 세탁기에 넣고 몇 번씩 물을 빼면 이런 느낌일까 싶은. 개업을 알리며 춤을 추는 샛노란 풍선도 없었고, 불법 주차의 행렬도 없었다. 사장님이 얼마나 미쳤는지 강조하는 시뻘건 파격 할인 광고도 없었고, 네온사인이 번쩍이는 간판도 찾아보기 어려웠다. 선거를 앞두고 길목마다 똑같은 점퍼를 입고 하얀 장갑을 끼고 춤추며 노래 부르는 선거운동원도 없었다. 유흥가가 아니고서야, 어디든 투명한 물감을 섬세한 붓으로 겹겹이 덧칠해 풍경을 그려낸 것 같았다.

눈앞에 비친 풍경은 투명했고, 귓속으로 들려오는 소리는 조곤조곤했다. 일본의 열차에서는 통화를 하면 안 된다는 건 알고 있었지만, 음식점이나 카페에서도 통화를 잘 하지 않는다는 건 몰랐다. 미국에서도 한국에서도 항상 카페에서 통화를 했었으니, 당연하다는 듯 일본의 스타벅스에서도 이어폰으로 통화했었다. 그러다 2년이 지나서야 깨닫게 되었다. 실내에서 통화를 하고 있는 건 나뿐이었다는 걸. 실내에서 옆 사람이랑 대화하는 건 되는데 전화로 이야기하는 건 왜 안 되지? 처음에는 납득이 되지 않았지만, 아빠가 통화하는 모습을 보고 바로 납득했다. 아빠는 진성 경상도 사나이라서 휴대폰에 대고 거의 소리 지르듯 말한다. 나이가 들면서 귀가 예전만큼 들리지 않아 어쩔 수 없을 것이다. 하지만 이런 소리가 계속 난다면, 주변 사람들 입장에서는 괴로울 수도 있겠구나.

투명하고 섬세한 색과 조곤조곤한 소리. 이 특징은 언어에도 그대로 나타났다. 일본어는 좋아한다는 감정을 '좋아好き, 스키'라고 이야기하기도 하지만, '신경 쓰여気になる, 키니 나루'로 표현하기도 한다. 좋아가 100퍼센트의 좋음을 표현하는 거라면, 신경 쓰여는 그것보다 절반 정도 세기의 좋음을 표현하는 것 같았다. 한국어라면 "저 사람이랑 잘해보고 싶어" 혹은 "이번 신상 괜찮아 보이더라"라고 이야기했을 것 같은 감정을, "저 사람 신경 쓰여" 혹은 "이번 신상 신경 쓰여"처럼 표현하는 경우가 많았다. 물

론 잘해보고 싶다, 괜찮아 보인다 같은 표현이 일본어에 없는 건 아니지만, '신경 쓰여'를 주변에서 더 많이 들었다. 아니, 좋아하면 좋아한다고 말하면 되지! 좋으면 양껏 좋아하고 행복해하면 되는데! 뭔가가 좋으면 온갖 호들갑을 다 떨면서 표현하는 나에겐 좀처럼 익숙해지지 않는 표현이었다. 도대체 왜 좋아하는 감정을 세탁기에 넣고 오랜 시간 불린 후 탈탈 털어서 물을 다 뺀 것 같은 표현으로 전하는 걸까. '좋아한다'가 선명한 코발트블루라면, '신경 쓰여'는 잔잔하고 희미해서 잘 눈에 띄지 않는 옥색으로 다가왔다.

좋아하는 감정뿐만이 아니었다. 싫어하는 것도 직설적으로 표현하지 않았다. 도쿄에 온 지 2년 차, 도쿄 한달살이 중인 여행자처럼 구석구석 카페와 디저트, 브런치 가게를 섭렵하고 다닐 때였다. 한국어로는 아마 '카페투어'라고 할 테지만, 일본어로는 '카페 돌기カフェ巡り, 카페메구리'라고 표현한다. 새로운 카페를 찾아내기 위해 도쿄 카페를 소개하는 인스타그램 계정과 유튜브 채널을 구독하고, 아예 카페 돌기용 책도 사서 지도 앱을 켠 후 가고 싶은 가게를 전부 저장해 뒀다. 지도 앱에 늘어가는 핀의 개수만큼 행복과 기대도 커져가는 나날이었다. 한국인은 세

계 구석구석을 다니며 블로그에 성실히 기록하는 민족이니까 한국어로 된 정보들을 볼 수 있으면 좋았으련만, 코로나 시국이어서 여행자는 입국이 불가능했고 문을 닫거나 새로 연 카페도 많아서 참고할 수가 없었다. 일본어가 편하지는 않지만, 일본어로 된 정보를 뒤질 수밖에.

각종 채널과 포스팅을 뒤지다 보니 공통적으로 쓰는 표현이 보였다. 미묘微妙. 아니, 뭐가 미묘하다는 거지. 한국어의 용례처럼 커피의 쓴맛과 신맛이 미묘하게 섞여 있다거나, 케이크의 단맛과 폭신함이 미묘한 밸런스를 이루고 있다는 뜻이 아니었다. "여기는 가격이 좀 높아서 가볍게 가보자고 하기는 조금 미묘하달까, 라고 생각해요" 혹은 "점원이 바빠서 주문하기 어려울 때가 있는데, 그 점을 신경 쓰는 분들께는 미묘할지도, 라고 생각합니다" "두 번째로 미묘한 점은 좀 들어가기 어려운 분위기예요" 같은 식으로 쓰고 있었다. 이 표현을 여러 군데서 접하다 보니, 말은 '미묘' 지만 뜻은 '별로'라는 걸 나중에야 알게 되었다. 한국어도 안 좋은 점은 약간 돌려서 "좀 그랬던 건~" 혹은 "별로였던 점은~"처럼 표현하는데, 일본어는 더더욱 약하게 표현하는구나. 마치 스피커 볼륨을 100에서 50으로 낮춘 것 같다.

좋음과 싫음뿐 아니라, 무엇을 못한다는 것을 표현하는 단어도 두 개였다. 下手헤타와 苦手니가테다. 처음 이 표현을 접했을 땐, 잘하면 잘하고 못하면 못하는 거지 왜 못하는 것에 대한 표현은 두 개지 싶었다. 그것도 하나는 아래 하下니까 알기 쉬웠지만, 다른 하나는 쓸 고苦가 붙으니 무슨 뜻인지 가늠하기 어려웠다. 선생님의 설명을 듣고도 알쏭달쏭했는데, 주변에서 학생이 이 표현을 쓰는 걸 보고서야 차이가 다가왔다.

예를 들어 "영어를 잘 못해요"라는 말을 下手와 苦手로 쓸 때의 의미가 달랐다. 下手로 쓰면 말 그대로 어설프고 잘 못한다는 뜻이지만, 苦手로 쓰면 거북하게 느끼고 꺼린다는 뜻이다. 가령 "해산물을 잘 못 먹습니다" 혹은 "여름을 견디기 힘들어합니다" 같은 경우는 해산물과 여름을 기피한다는 뜻이기 때문에 下手는 어색하고 苦手를 쓴다. 못하는 것도 실제 능력이 모자라서 못하는 건지, 아니면 자신이 거북하게 느껴서 잘 못하는 건지를 구분해서 다른 단어를 입히는구나. '못한다'가 초록이라면, 下手와 苦手는 그 안에서도 청록과 연두가 아닐까.

일본어로 감정을 듣고 말하는 건, 감정을 마음속에서

빚어내, 일본어의 색채를 입혀서, 일본어의 음량으로 전달하는 과정이었다. 한국어는 진하고 선명한 아크릴 물감으로 칠하는 아크릴화, 일본어는 엷고 투명한 수채화 물감으로 그려가는 수채화 같았다. 한국어는 가사와 음정 하나하나가 귀에 날아와 꽂히는 걸그룹 여름 노래 같다면, 일본어는 주의를 기울이지 않으면 잘 들리지 않고 가사도 없는 재즈 같달까. 내 속에 있는 감정은 하나인데, 어떤 언어를 골라서 표현해 내는지에 따라 색채와 톤이 달라졌다.

한국어 팔레트에 가득한 선명한 색깔로 그려내고 싶은 감정, 일본어 팔레트를 채운 연하고 투명한 색으로 그려내고 싶은 감정이 모두 달랐다. 너무 좋아서 주체가 안 될 때, 나는 이 감정을 아주 진한 색과 선명한 음량으로 전달하고 싶은데 일본어로는 그러기 어려웠다. 반대로 학생의 과제에 피드백을 할 때는 너무 직설적으로 들릴까 봐 연한 색을 고르고 골라 조곤조곤히 전달하려고 노력해야 했다. 같은 감정도 이렇게 다른 색채와 톤을 입고 세상에 나올 수 있구나. 언어를 배운다는 건 감정을 그릴 수 있는 팔레트, 연주할 수 있는 악기를 늘려가는 거였다.

네 언어는
네 공간에

남겨둬

7월 중순, 양산 없이는 잠시라도 버틸 수 없을 정도로 따가운 햇살이 내리쬐는 날. 기온은 35도지만 체감온도는 42도의 낮. 도쿄는 바다와 접해 있어 습도도 무지하게 높다. 그 덥다는 대구에서 나고 자라서 서울의 더위는 더위로도 느끼지 않았는데, 일본의 더위는 대구의 더위에 끓는 물을 좀 더 붓고 좀 더 센 불로 오랫동안 쪄내는 느낌이다. 숨 쉴 때마다 폐가 숨을 쉬는지 아가미가 숨을 쉬는지 알 수가 없을 만큼.

이런 날 지하철을 타면 에어컨 냉기가 잠깐은 반갑다가도 땀이 줄줄 흐르는 여름이라 옆 사람과 맨살이 닿을까 신경 쓰인다. 자리 경쟁이 항상 치열해서 앉기도 힘들었지만 운이 좋아 앉는다 해도 자리가 너무 좁았다. 간혹 땀범벅인 몸이 닿는 걸 피하려고 웅크리면, 다리를 더 벌리거나 어깨를 쫙 펴는 사람이 있었다. 한마디 하고 싶은 걸 꾹꾹 눌러야 했다. 정말 견디지 못할 만큼 노골적으로 내 자리를 침범하거나 다리를 쩍 벌리는 상대를 만나면, 나도 더 이상 웅크리지 않았다. 내 좌석 칸에 맞춰 나도 나에게 제일 편한 자세를 취했다. 여기까지는 제 공간이에요. 제발 좀 당신 몫의 공간만 쓰세요.

일본 열차는 천 의자가 많아서 여름엔 더더욱 앉기 찝

찝했지만, 다리 통증이 찝찝함을 항상 이겼기에 자리가 나면 앉아서 이동했다. 그런데 이곳에서의 경험은 한국과는 달랐다. 누군가가 내 옆에 앉으면, 남에게 닿기 싫어서 자신이 웅크리는 게 아니라, 다른 사람에게 불쾌감을 주지 않게 자신을 한껏 구겨 접는다는 느낌이었다. 남에게 닿기 싫은 거라면 실수로 닿았을 때 인상을 찌푸리겠지만, 일본에서 만난 사람 대부분은 옆 사람과 닿게 되면 고개를 까딱 숙여 미안함을 표하거나 눈빛으로라도 미안하다는 뜻을 전달했다. 아, 나한테 닿아서 짜증 난다는 게 아니라 나한테 닿아서 미안하다는 거구나. 정말 불편할 정도로 다리를 벌리거나 옆자리를 침범하는 사람을 만나는 일은 드물었다. 일본에 살려면 저렇게 어깨를 접어 앉는 법을 익혀야 하는 걸까. 본인 어깨에는 안 좋겠지만 옆 사람은 참 편하네. 자신에게 주어진 1인의 공간을 최대한 넘지 않으려는 결의가 전해져 오는 것만 같았다.

지금은 코로나의 영향으로 카페에도 아크릴 칸막이가 생겼지만, 그 전에는 아주 좁은 테이블을 여러 명이 함께 사용하고는 했다. 미국의 널찍하다 못해 휑하기까지 한 공간 감각에 익숙해져 있던 나는, 한껏 자신을 구겨 넣은 채로 다닥다닥 붙어 앉아 있는 사람들의 모습이 그저 놀

라웠다. 그런데 테이블을 잘 보면, 매우 비좁게 앉아 있는데도 눈에 보이지 않는 금이라도 그어져 있는 듯 어떤 소지품이 누구의 것인지 바로 알 수 있었다. 이 좁은 테이블에서도 1인의 공간을 구분해서 쓰고 있는 거구나. 서로의 몸에 닿지 않게, 서로의 공간을 침범하지 않게.

이 공간 감각은 언어에도 그대로 들어와 있다. 일본 사람들은 '~라고 생각합니다と 思います, 토 오모이마스' 같은 표현을 자주 쓴다. 프레젠테이션을 시작할 때 한국에서는 "먼저 시장 상황에 대한 발표를 한 후에 질문을 받도록 하겠습니다"라고 말한다면, 일본에서는 "먼저 시장 상황에 대한 발표를 한 후에 질문을 받고 싶다고 생각합니다"라고 말하는 식이다. 화상 수업의 일본어 선생님도 교재의 내용을 짚을 때면 "이제부터는 교재를 보고 싶다고 생각합니다"라고 이야기했다. 일본어는 문법도 타인의 공간을 함부로 침범하지 않고, 자신의 공간 안에 남아 있기 위해 애쓰는 것 같았다. "질문을 받도록 하겠습니다"라는 말은 회의실 안의 사람을 자신의 공간으로 데려온다. '여러분, 지금부터는 제 질문 시간이니까 제게 질문을 해주세요'에 가까운 느낌이다. "질문을 받고 싶다고 생각합니

다"는 회의실 안의 사람들을 그대로 그 공간에 둔다. '여러분, 저는 지금부터 질문을 받고 싶은데, 함께해 주시면 좋겠습니다'에 가깝다. 직접적으로 말을 걸기보다 협조를 구하는 느낌이랄까.

이런 예는 여럿 있다. 종종 일본어 번역 투로 소개되는 문형 중 '~일까かな?'가 해당된다. 가령 "짜장면이랑 피자 중에 뭐 먹을래?"라는 질문에 한국어로는 "나는 짜장면 먹을래"라고 답할 테지만, 일본어로는 "짜장면 쪽이 좋을까?"로도 답할 수 있다. 하루는 길을 걸어가고 있는데, 아주머니가 셔터를 내리고 있는 꽃집 사장님께 "지금 닫아요?"가 아니라 '~였지っけ'라는 표현을 활용해서 "지금 닫는 거였어요?"라고 묻는 걸 들은 적이 있다. 교과서에서 자주 나오는 문형인 '~입니까ですか?'와는 느낌이 또 달랐다. 좀 더 친근한 표현이지만, '~입니까?'처럼 직접적으로 묻는 것 같지는 않았다. '아, 지금 닫는 거였나?' 하고 혼잣말하는 느낌. 예전에 한국어로만 이 표현을 접했을 때는 나도 오타쿠지만 화법조차 정말 오타쿠스럽다고 생각했었었는데, 실제로 보니 이 문형은 일상생활에서 자주 쓰이고 있었다.

일본인은 코로나로 곳곳에 칸막이가 생기기 전에도

눈에 보이지 않는 칸막이를 만들고 살아온 게 아닐까. 미국 유치원생은 "Keep your hands to yourself"를 제일 먼저 배운다. 자기 손은 자신에게, 즉 타인의 몸이나 물건에 손을 대지 말라는 뜻이다. 일본어는 이걸 넘어선다. "Keep your language to yourself." 네 언어는 네 공간에 남겨두라고 말하는 것 같다.

문형뿐만 아니라 단어 사용에서도 이런 감정을 여러 번 느꼈다. 코로나에 확진되었을 때였다. 면봉에 코를 내어준 후 얼마 되지도 않았는데, 양성이라는 말을 듣고 정신을 차려보니 종이 한 다발이 내 손에 들려 있었다. 한국도 일본도 의사가 바쁜 건 마찬가지여서, 일본어가 능숙하지 않은 외국인에게 시간을 내서 알려줄 수는 없어 보였다. 내가 사는 지역의 보건소에서 나온 안내문, 일본 후생노동성에서 배포하는 안내문, 병원의 영수증, 약의 정보와 복용법, QR코드 여러 개가 인쇄된 정체 모를 종이더미를 안고, 직장에 연락을 하면서, 이제 나한테 무슨 일이 일어나는 건가 싶어 어안이 벙벙한 채로 집으로 걸어갔다.

정신없는 시간이 지나고 종이를 차근차근 읽어볼 수

있었다. 계속 반복되는 한자가 있어서 대충 '격리'겠거니 넘겨짚으며 읽어갔다. 그런데 여러 번 읽다 보니 격리는 아닌 것 같았다. 유일하게 알아볼 수 있었던 단어는 '양養'이었는데, 격리와는 아무래도 달랐다. 답답해서 번역 앱을 돌려보았다. '요양療養'이었다. "가와사키 시 보건소로부터 요양 기간에 대해 연락을 드립니다." "요양에 관해 아래의 확인 및 작업을 부탁드립니다." "요양을 위한 질문표 작성을 완료해 주십시오."

왜 이 나라는 격리라는 말을 쓰지 않는 걸까. 요양은 몸이 아파 집에서 쉬어야 하는 사람의 언어였다. 회복할 때까지 집에서 영양을 보충하고 쉬세요, 라고 말하는. 격리는 정부가 전파를 억제하기 위해 쓰는 언어였다. 바이러스를 전파할 우려가 있으니 밖에 나오지 말고 집에 있으세요, 라고 말하는. 물론 이 둘이 가리키는 대상은 동일했다. 요양이든 격리든, 나는 일정 기간 동안 집에서 머무르며 외출을 하지 말아야 했다. 다만 초점이 달랐다. 요양은 정부가 나에게 협력을 구하는 단어였고, 격리는 정부가 나에게 강제하는 단어였다. 둘이 의미하는 바는 같지만, 표현 방식이 달랐다.

일본은 코로나가 한창 기승을 부리던 2020년과 2021년에도 식당, 노래방, 주점 등의 영업 시간을 직접 '제한'하지는 않았다. 매장 영업 시간을 저녁 8시까지로 하는 데 '협조'해 달라고 했고, 협조하는 업장에는 지원금을 주었다. 물론 협조라고 말을 했음에도, 의무인 것처럼 거의 모든 가게가 실제로 저녁 8시까지밖에 영업을 하지 않긴 했지만.

공공의 이익을 위해 정부가 적극적인 강제 정책을 펼쳐서 전염병을 조기에 관리하는 게 필요할지도 모른다. 일본 정부의 코로나 대응에 대한 비판도 무수히 많으니까. 강제로 격리시키거나 영업을 제한한다면 정부가 책임을 지게 될 수도 있으니 흐릿한 단어를 쓰는 건지도 몰랐다. 나는 방역이나 정책에 대해 전혀 모르기 때문에 판단할 수가 없다.

다만 내 공간을 내가 오롯이 영유할 수 있다는 감각이 새로웠다. 열차에 탔을 때, 스타벅스의 아크릴 칸막이 사이에 있을 때, 프레젠테이션을 듣고 있을 때, 타인과 대화할 때, 확진자가 되었을 때, 공공장소를 돌아다닐 때, 나의 존재 자체로도 내 공간은 내가 누릴 수 있었다. 억지로 나도 같이 다리를 밀어가며 여기부터는 내 공간이에요, 넘어오지 마세요, 라고 기 싸움을 해야 하는 일은 무척 드물었다. 만원 전철이 아닌 이상.

너의 언어는 너의 공간 안에. 너의 언어가 타인을 향할 때는 너의 아크릴 칸막이 안에서 타인에게 손짓하기. 너의 언어가 아크릴 칸막이를 넘어 타인에게 직접 가닿지 않도록 하기. 일본어로 생활하면서 몸에 익히게 된 언어와 공간의 감각이다.

‘골’과 ‘마모나쿠’ 사이의 시간차

저녁 8시 30분이 좀 지난 시각. 영업 종료를 앞두고 마트 점원이 돌아다니며 노란색 세일 스티커를 붙이고 있었다. 점원 뒤를 졸졸 쫓아가며 세일 상품을 주워 담았다. 그래, 이 맛에 마감 시간에 오는 거지! 20퍼센트 할인 스티커 감사합니다! 어, 그런데 일단 멈춤! 한 발짝 더 나가면 안 될 것 같은 직감에 들었던 발을 딱 멈췄다.

바로 앞에 나처럼 세일 상품을 노리고 있던 할머니가 있었다. 할머니는 머리보다 허리가 더 높았고, 허리도 내 허벅지 정도의 높이였다. 내 눈높이는 바닥 위 150센티미터쯤이지만 할머니의 눈높이는 바닥 위 75센티미터 정도였을까. 활동 보조기에 의지해서 걷고 계셨는데, 그 활동 보조기도 할머니의 키에 맞춘 듯했다. 내 정신은 온통 매대 위의 세일 스티커에 가 있었으니 할머니를 인지하지 못한 것. 큰일 날 뻔했네…. 가슴을 한번 쓸어내리고, 할머니에게 길을 내드린 후, 세일 스티커를 다시 쫓아갔다.

거의 매일 같은 시간대에 장 보러 가기를 여러 번. 할머니도 항상 이때 마트에 와서 비슷한 것들을 사고 계셨다. 활동 보조기에 딱 들어갈 만큼만. 조리가 어렵지 않은 반조리 식품으로.

내심 거동도 많이 불편한 할머니가 장을 보러 나오기

너무 힘들지 않을까 걱정이 됐다. 하루는 엄마랑 전화를 하다가, "우리 동네 슈퍼에 등이 많이 굽은 할머니가 오시는데 너무 힘들어 보여. 시설에서 편하게 지내는 게 좋을 텐데 장 보겠다고 오시는 거 보면 넘어지기라도 할까 봐 너무 조마조마해"라고 이야기하자, 요양보호사로 일하는 엄마가 말했다. "아이고, 야야. 혼자 나갈 수 있는 노인은 축복받은 기다! 혼자 걸어가 밖에 나가가 밥 물 거 사 와가 차리 묵는 게 을매 축복받은 긴데."

너무 부끄러웠다. 아무리 느려도, 아무리 불안해 보여도, 자신의 힘으로 생활을 영위해 나가는 게 얼마나 큰일인지 몰랐다. 내 시선으로만 보고 내 기준으로만 판단했던 게 너무 창피했다. 매일의 끼니를 자신의 손으로 준비해 먹는 게 얼마나 존엄한 일인데, 그걸 모르고 멋대로 판단했다. 반성, 또 반성.

한국보다 훨씬 더 빨리 고령화사회에 접어든 일본답게, 어딜 가나 노인을 볼 수 있다. 동네 성당에는 일요일마다 어르신들이 모여 있고, 아침 10시에 문을 여는 마트 앞에는 항상 어르신들이 길게 줄을 서 있다. 봄철의 나카메구로에는 사진 동호회 어르신들이 커다란 DSLR을 들고 벚꽃을 찍고 있고, 머리가 희끗희끗한 분들이 스타벅스에서 책을 읽거나 공부를 하고 있다. 내가 한국 카페에서 이렇게 자주 어르신들을 본 적이 있던가?

마트를 느릿느릿 걸어가고 있던 할머니처럼, 나 역시 도쿄의 번화가인 신주쿠에서 느릿느릿 열차를 확인하고 있었다. 일본에 온 지 3일 차였다. 필요한 것들을 사서 바리바리 들고 오다큐선 열차에 탔다. 오다큐선은 쾌속급행, 급행, 출근급행, 일반 네 종류가 있고, 1호선이 천안행, 인천행 등으로 나뉘는 것처럼 오다와라, 가라키다, 후지사와를 포함해 종점이 여러 곳이다. 모든 열차가 신유리가오카역까지 가지만, 그 이후 분기하기 때문에 정신을 똑바로 차리지 않으면 집과 몇십 킬로미터 떨어진 곳에서 무거운 짐을 끌어안은 채 헤매야 할지도 몰랐다.

한자 전광판은 눈에 하나도 들어오지 않으니 도움이 안 됐고, 영어로 안내가 뜰 때까지 기다렸다. 간신히 내가 타야 하는 열차를 확인하고 맞춰 탔다. 엄청나게 사람이 많았는데도 출발역이어서 다행히 자리가 있었고, 모든 짐을 다리 사이에 두고 편히 앉아 전광판을 뚫어져라 바라봤다. 내가 내릴 역은 언제 나오는 거지.

깜빡 잠이 들려는 찰나 방송이 흘러나왔다. "곧まもなく,

마모나쿠 노보리토역에 도착합니다. 잊은 물건이 없도록 조심해 주세요. JR 남부선 환승은 이번 역입니다." 짐을 후다닥 챙겨 문 앞에 섰다. 쇼핑백 몇 개를 어지럽게 두 손에 나눠 든 채였다. 그런데 웬걸, 아무리 기다리고 기다려도 열차가 서질 않았다. 곧 도착이라며? 왜 이렇게 오래 걸려? 아니, 이럴 거면 더 앉아 있었지. 다리도 아프고 짐도 무거운데! 내 소중한 무릎 관절! 방송이 나온 후에도 한참 더 가서 열차가 멈춰 섰다. 뭐야, 이게. 곧이라더니 곧이 아니네. 도대체 '곧'의 간격이 왜 이렇게 넓은 거야.

몇 달 후, 친구 집에 가기 위해 버스를 탔다. 도쿄에서 버스를 탄 건 처음이라 계속 지도 앱을 확인하며 앉아 있었다. 이제 앞으로 일곱 정류장, 여섯, 다섯, 넷… 드디어 다음이다! 방송이 나오자마자 짐을 챙겨 손잡이를 따라 출구 쪽으로 움직였다. 문 앞에 딱 서서 하차 준비 완료. 그런데 문 앞에 선 채로 정류장을 기다리다 깨달았다. 이 버스 안에서 버스의 규칙을 따르지 않은 건 나 혼자뿐이라는 사실을. 그 규칙은 너무 간단했다. "버스가 완전히 정차한 후 하차하세요."

열차에서도 버스에서도, 내 몸에 밴 습관은 쉽게 버릴 수 있는 게 아니었다. 몸은 비행기를 타고 도쿄에 훅 날아왔다고 해도, 내 생활 습관이 확 바뀌는 건 아니었다. 나는 수년간 서울 지하철 9호선을 타는 생활을 했다. 출퇴근 시간의 9호선은 방송이 나온 직후 마음의 준비를 하고, 짐을 다시 한번 단단히 쥐고, 문이 열리자마자 온몸으로 사람의 파도를 거스르지 않으면 내릴 수 없다. 사람의 수도 문제였지만, 안내 방송과 정차까지의 시간이 짧기 때문에 방송을 듣자마자 준비를 해야 했다. 수년간 반복해서 몸에 엉겨버린 습관은 비행 한 번으로 훅 떨쳐버릴 수 있는 게 아니었다. 나는 그 이후에도 안내 방송을 듣자마자 짐을 그러모아 일어난 뒤 기다렸다가, 너무 일찍 일어났다며 투덜거리다 내리길 반복했다. 도쿄 오다큐선의 규칙이 몸에 익기까지 한참 시간이 걸렸다. 안내 방송이 나와도 지금 정차한다는 이야기가 아니니 더 앉아 있을 것. 열차 속도가 떨어지기 시작하면 그때부터 준비를 해도 아주 여유로우니까.

한국 버스는 내리기도 전에 뒷문에서 '삐~' 소리가 계속 울린다. 그 소리 때문에 괜스레 마음이 더 급해진다. 한번은 서두르다가 발목을 크게 삔 적이 있다. '삐~' 소리는 울리는데, 일어서는 게 늦어 하차도 늦어졌고, 버스에서

카드를 찍고 내리려는데, 저상 버스가 아니라서 버스 차체가 높았다. 낮은 인도로 내리려는데 아뿔싸, 잘못 착지했다. 오른쪽 발목이 ㄱ자로 꺾여서 인도에 나자빠졌고, 짐은 사방으로 흩어졌다. 물론 버스는 떠난 뒤였다.

양발을 동시에 지면에 디딜 수가 없었다. 늦은 밤이라 주변에는 아무도 없었다. 짐을 주워 담고 왼발로 깨금발을 하고 콩콩 뛸 수밖에. 계속 부어오르는 오른쪽 발목을 얼음으로 동여매고 밤을 지새우다, 다음 날 바로 병원에 가 깁스를 했고, 몇 주간 제대로 걷지 못했다.

차가 완전히 정차한 후 하차하라는 스티커와, 문이 닫히기 전 '삐~' 소리는 서로 완전히 상반된 메시지를 전달한다. 이 메시지 속의 줄다리기에서 이기는 건 언제나 후자였다. 후자의 대가는 빠른 버스기도 했지만, 20대 초반에 한번 삔 이후로, 조금만 잘못 짚어도 계속 어긋나게 된 내 오른쪽 발목이기도 했다.

"곧 당산 역에 도착합니다"와 "まもなく 登戸です마모나쿠 노보리토데스", 이 두 문장이 가리키는 거리감은 얼마만큼일까. '곧'과 'まもなく'는 같을 수 없다. '곧'의 속도가 버스 문이 닫힐 때의 '삐~'의 속도라면, 20대의 팔팔한 청년도 뛰어내리다가 발을 삐게 되어버릴 거다. '곧'의 속도가 'まもなく'의 속도라면, 눈높이가 성인의 무릎 정도 되는 할머니도 활동 보조기를 밀며 저녁 시간의 마트 세일을 함께 즐길 수 있을 거다.

과연 '곧'은 얼마 동안이고, 'まもなく'는 얼마 동안일까. "다음에 밥 한번 먹자"의 '다음'은 가까운 시일 내에 오지 않듯이, 시간의 개념은 사전 너머에 있다.

그릇과 통의

크기 차이

일본에 온 지 2년 차 여름. 아직도 일본어로 대화하고 메시지를 주고받는 건 자신이 없었지만, 이제는 때가 되었다고 생각했다. 밖으로 나가서 애인을 만들어야 한다! 이렇게 계속 혼자 방 안에서 30대를 쓸쓸히 시작할 수는 없다!

'일본인'을 만나고 싶었다. 일본인의 가족, 친구, 친척 등 관계의 뿌리가 전부 함께 오는 거니까. 그 망 안에 안온하게 얽히고 싶었다. 일본에서는 월세로 집을 구하거나 휴대폰을 개통할 때도 계약자가 연락이 안 될 때를 대비해 긴급 연락처를 받는다. 엄격한 곳은 일본인의 연락처만 받겠다고 못 박아두고 그 자리에서 전화를 걸어 확인하기도 한다. 그 긴급 연락처를 내줄 사람, 영주권 신청을 할 때 보증인이 되어줄 사람, 내가 응급실에 실려 갔을 때 행정 처리를 해줄 사람이 있었으면 했다. 언제까지 이렇게 근본 없고 뿌리 없는 사람으로 붕붕 떠다니기는 싫어. 이제 뿌리내리고 살았으면 좋겠어.

일본에서 결혼 상대를 찾는 사람들이 많이 쓰는 데이팅 앱이 있었다. 앱을 다운받은 뒤, 신분증을 앞뒤로 기울이고 얼굴 사진까지 찍어 보내며 본인 인증을 했다. 일본인들이 좋아할 것 같은 화려한 사진을 골라서 올리고, 평소에는 쓰지도 않는 이모지를 넣어가며 프로필을 작성했다. 다른 여성들의 프로필을 염탐해 보니 하나같이 "친구한테 추천받아서 쓰기 시작했어요~" "주변에서 ~라고 말해줘요"라고 썼다. 아, 딱 저 표현이구나. 자신의 주체성을 내세우지 않으면서도 사랑스러운 여성을 연기하는 게 포인트였다. 남자인 친구가 사진까지 골라줬다. 일본인 남자한테 어필하고 싶으면 이 사진이라고. 직장 동료의 결혼식 때 미용실에 가서 한껏 일본식으로 화장을 받고 옆머리를 더듬이처럼 길게 내고 머리를 땋아 내린 사진이었다.

데이팅 앱은 인간의 도떼기시장이었다. 온갖 상품이 전혀 정리되지 않은 채 널려 있는 도떼기시장. 하지만 나는 그 상품에 적혀 있는 설명서를 읽을 수 없고, 복사가 막혀 있어 번역기를 쓰기도 어려웠다. 뭐가 뭔지도 모르고 사진만 보고 골라서, 해독하는 데 한참 걸리는 메시지를 주고받고, 만날 약속을 잡아야 했다. 물론 그 도떼기시장 안에서 나는 팔딱거리는 신규 가입자였을 것이다. 아무것도 모른 채 일본의 여성성을 열심히 연기하며 팔딱거리고 있으니 '좋아요'가 쏟아졌고, 몇 명을 골라 만났다.

영어도 잘 구사하고, 집안도 너무 안정되고 좋았던 분. 하지만 첫 만남인데 식사 주문도 안 하고 커피만 마시는 데 충격을 받아서 더 이상 연락하지 않았다. 여동생이 한 명 있고 도심에 산다는 매너 좋은 친구. 젠틀하고 멋있었지만 너무 말끔하고 빈틈없는 모습을 보니 나는 그의 삶에 들어갈 수 없을 것 같았다. 캠핑을 좋아하고 한국인 어머니를 둔 분. 멋지고 잘생겼고 계속 만나보고 싶었지만, 어머니가 한국인인데도 '떡'을 기억하지 못했다. 어머니의 나라에 얼마나 관심이 없으면 먹어본 음식의 이름도 기억 못 할까, 그럼 나에게도 별로 관심이 없는 거 아닐까 싶어 만남을 이어가질 못했다. 채팅을 했을 때 마음에 들어서 내가 파스타집 예약까지 해서 만난 분. 그런데 정말 10엔 단위까지 철저히 와리캉割り勘, 일본의 더치페이해서 현금을 주는 그의 준비성이란. 이 사람을 두 번째 만났을 때는 아예 내가 먼저 전부 결제했다. 그냥 커피 사세요, 하고. 그러나 이 와리캉 친구는 그것마저도 너무나 부담이 되었나 보다. 커피를 사고 나서도 커피가 식사보다 저렴했다며 나머지 돈을 맞춰주려는 걸 보고, 제발, 제발 넣어두세요… 괜찮습니다…라고 이야기할 수 밖에 없었다.

일본어에는 "그릇이 작다器が小さい"라는 표현이 있다.

한국에서는 "통이 작다, 통이 크다"라는 표현을 일상적으로 쓴다. 통 크게 한턱 쏘고, 통 크게 담아주는 게 너무나 미덕인 나머지 통 큰 음식이 유행하는 나라에서 온 K-통 큰 여자는 이 간장 종지만 한 일본의 그릇을 도무지 이해할 수가 없었다. 일본에 처음 왔을 때 쌈장·마늘·소금, 이렇게 양념 혹은 소스 3종을 담으면 딱 좋겠다고 생각하며 세 칸짜리 그릇을 샀는데, 일본에서는 그게 반찬 3종을 담는 그릇이란 걸 알게 되어 아연실색한 적이 있다. 이 접시가 반찬 접시라고? 누구 코에 붙여? 아무리 앱을 통해 만났다지만 어떻게 첫 만남에 밥을 안 먹을 수 있어? 그리고 누굴 만날 때 10엔 단위까지 나누려고 하는 사람을 어떻게 만나? 나는 밥이 너무 중요하다 못해 "밥 먹었니?"가 인사인 나라에서 왔는데! 이건 무리. 코레와 무리. 한국어도 일본어도 '무리無理'의 발음이 무리인 이유가 있었다. 정말로 무리였으니까.

그즈음에 홍콩 남자를 사귀고 있던 한국인 친구에게 홍콩 남자를 소개받게 되었다. 일본인을 만나 그 뿌리에 안온히 얽혀 들어가고 싶었으니 사실 별로 내키지 않았다. 그래도 소개받았는데 만나는 봐야지 싶어서 연락을 주고받았다. 한국 음식을 좋아한다기에, 예의상 메시지로 물어봤다. 삼겹살, 치킨, 닭한마리 같은 게 나올 거라 예상하고 외국인을 데려가도 좋을 만한 깔끔한 한식당을 떠올리면서.

"한국 음식 뭐 먹고 싶으세요?"

"サンナクチ가 먹고 싶어요."

뭐? 산나쿠치? 설마 산낙지? 내가 혹시 잘못 봤나?

"You mean, octopus? Live octopus?"

"네, 산낙지요. Octopus."

이 친구와는 소개팅으로 처음 만나 살아서 꿈틀거리는 산낙지를 먹었다. 이 친구는 내가 준비해 간 현금을 마다하고 산낙지 값을 전부 결제했고, 내가 사는 빙수도 마다하지 않았다. 산낙지가 꽤 비쌌던 게 마음에 걸려 한인 슈퍼에 가서 과자도 사서 안겨주었는데, 그것도 마다하지 않았다. 그렇게 만나게 되었다.

일본인을 만나 일본 가족, 친구, 사회의 뿌리에 자연스럽게 얽혀가는 건 이제 꿈꿀 수 없게 되었다. 나도 이 친구도 이 나라에서 혈혈단신 혼자니까. 둘 다 영주권을 신청하고 싶어도 보증인을 찾는 게 어려웠다. 최근에는 절차가 간소화되었으나, 이전에는 보증인의 재직증명서, 최근 1년분 소득증명서, 주민표(한국의 주민등록등본) 같은 개인 정보가 모두 필요했다. 집을 구할 때도 외국인이라는 이유로 거절당하길 여러 번. 외국인 커플로 산다는 건 이 일본인만의 세계에서 계속 소수자로 살아야 한다는 거였다. '너는 우리 세계의 사람이 아니잖아. 너가 너란 걸 보증해 줄 진짜 일본인을 데려와'라는 메시지를 어딜 가나 들으면서.

그러나 일본 사회 안에서 얽혀갈 뿌리가 없다는 건, 내 맘대로 표류해도 된다는 거였다. 마음대로 둥둥 떠다니는 자유가 있었다. "한국에서는 원래 이렇게 하니까" "일본에서는 원래 이렇게 하니까" 같은 말들은 우리 커플 앞에 오면 아무런 힘도 쓰지 못했다. 일본은 크리스마스에는 케이크와 KFC 치킨을 먹고, 해가 넘어갈 때 해넘이 국수年越しそば를 먹고, 새해가 되면 오세치 요리おせち料理를 먹는다. 우리는 신경 쓰지 않고 잡채를 만들어 먹었다. 일본의 명절은 연휴니까 나들이를 가면 되고, 한국의 명절은 명절이 한참 지나고 나서 '아, 그때가 명절이었어?'라고 생각하면 되고, 홍콩의 명절은 언제인지 알 필요조차 없었다.

국제결혼을 한 친구들이 이야기해 주었다. 한쪽 부모님이 실례가 되는 말을 해도, 자식이 중간에서 "아, 오늘 입은 옷이 너무 예쁘다고 하시네~" 하고 대충 통역해 버리면 된다고. 서로 말이 안 통하니 배시시 웃기만 해도 된다고. 서로 명절이 언제인지 모르니 따로 연락할 필요도 없고, 통화해도 배우자의 부모님과 말이 안 통하니 헬로만 하면 된다고. 실제로 그랬다. 아, 이렇게 내 맘대로 할 수 있는 자유라니.

문화나 관습이 내 맘대로였다는 말은, 언어도 내 맘대로라는 이야기였다. 나는 내 일본어가 맞는지 어떤지 신경 쓸 필요가 전혀 없고, 상대도 내 일본어를 고쳐주지 않는다. 나는 개떡같이 말할 테니, 너는 찰떡같이 알아들어라. "핸들 이빠이 꺾어"는 3언어라는 농담을 들은 적이 있다. 영어[핸들], 일본어[이빠이], 한국어[꺾어]. 우리는 매일 이런 언어를 말한다. "보쌈 今 fridgeに あるけど 食べる[보쌈 지금 냉장고에 있는데 먹을래]?" 부엌에는 홍콩의 굴소스와, 일본의 쯔유와, 한국의 진간장이 혼재한다. 각 나라의 양념이 섞이는 것처럼 우리의 언어도 다 섞여서 둥둥 떠다닌다.

우리는 영영 표류하는 선택을 한 결과로, 우리를 얽어

매는 속박에서도 해방될 수 있었다. 일본도 한국도 홍콩도, 내가 살았던 미국도 아닌 공간. 이 사이공간에서 계속 헤엄치며 사는 거라고. 그 틈새에 선 자유와, 틈새에서만 태어날 수 있는 창의성이 있다고 믿으며.

일본의 사회학자 우에노 지즈코가 이야기했다. 새로운 가치는 다른 문화가 부딪치는 곳에서 태어난다고. 그 말이 맞았다. 새로운 것은 틈새에서 태어난다. 하다못해 잡채를 만들 때도 홍콩 굴소스로 감칠맛을 약간 내고, 한국 진간장으로 간을 하고, 일본 쯔유로 가쓰오부시 향을 살짝 살리면 특색 있는 잡채가 되었다. 나는 계속 이 틈새에 떠다니면서 새로운 걸 만들어가고 싶어. 내 언어와 문화를 일본 기준에 맞춰가는 게 아니라.

언어와 문화 사이를 탐험하기

03

언어
세 개를

가로지르며
가르치기

학부, 석사, 박사, 대학 교원, 모두 합해서 15년. 인생의 절반 동안 응용언어학(영어교육)이라는 한 우물을 쭉 파왔다. 언어에 녹아 있는 사고와 문화와 이데올로기는 알면 알수록 신기했으니까. 이런 이야기는 보통 아무도 해주지 않기 때문에 나 혼자 숟가락을 들고 파 내려가며 깨달아야 했으니까.

이렇게 '덕질'로 한 우물만 쭉 파온 사람이 일본인 대학생이 모여 있는 영어 수업에서 할 수 있는 이야기는 뭘까? 세 언어를 가로지르는 사람의 '덕내' 폴폴 풍기는 이야기겠지…. 수업 분위기가 가라앉거나, 딴 길로 샐 시간이 있을 때면 이런 이야기를 종종 꺼내 풀어놓곤 했다. 점점 내려가는 학생들의 눈꺼풀을 어떻게든 들어 올리기 위해서.

여러분, 직장인이 되면 자기를 소개하는 종이 카드가 생기잖아요. 그걸 뭐라고 부르죠? 예, 명함名刺, 메이시입니다. 이걸 영어로 뭐라고 할까요? name card? 땡 틀렸습니다! business card입니다. 저는 이 종이 쪼가리를 부르는 이름에서부터 언어와 문화 차이를 느껴요.

영어로 자기소개를 써볼까요? 제가 이 학교에서 일한

지 몇 년이 지났는데, 이 패턴을 벗어난 학생은 한 번도 보지 못했습니다. "I'm a first-year student in the College of Engineering at ABC University." "I'm a part-time worker at ABC Café." 네, 보통 우리는 소속된 집단에서의 위치를 말하면서 자신을 소개해요. ○○대학교의 학생입니다, ○○회사의 대리입니다, ○○부서의 부장입니다 식으로요. 너무나도 당연해서 의심해 보지도 않았죠.

여러분, 이력서 써본 적 있나요? 일어로 된 이력서를 찾아본 적이 있는데 한국과 별반 다르지 않더라고요. 집단과 그곳에서의 위치를 밝히며, 명사 중심으로 자기 자신을 소개합니다. 그리고 과거부터 현재순으로 쓰고요.

혹시 영문 이력서는 본 적 있나요? 무슨 회사의 manager처럼 쓰기는 하지만 여기에서 끝나지는 않아요. 그 아래에 어떤 프로젝트에서 어떤 역할을 맡아 수행했다, 고객 만족도를 10퍼센트 올렸다, 어떤 행사를 조직하고 성공적으로 이끌었다 등등, 즉 동사로 자신을 소개합니다. 현재 자신이 담당하고 있는 업무부터 쓰고, 과거에 했던 일은 뒤에 쓰고요.

다시 자기소개로 돌아가 볼까요. 여러분, 우리는 이렇게 자신을 소개할 수도 있어요. I'm studying engineering at ABC University. I'm working part time at ABC Café. 명사가 아니라 동사로 자신을 소개할 수도 있는 거죠. 자신의 존재를 집단의 위치로 소개하면, 이 집단을 벗어났을 때 자신의 존재는 무엇이 되는 걸까요? 자신을 동사로 소개해 보면, 자신을 새로운 모습으로 그릴 수 있어요. 나는 이 학교가 아니라 어디에서도 공학 공부를 할 수 있는 거죠. 나는 이 카페가 아니라도 어디서든 아르바이트를 할 수 있는 거고요. 나는 집단 속의 내가 아니라, 나 자신이니까.

그리고 시간의 배열도 생각해 볼까요. 일본어는 과거부터 자신을 소개해요. 자신의 뿌리가 어딘지가 중요하고, 자신이 어느 대학을 졸업했는지, 어떤 집단에서 왔는지가 중요합니다. 영어식으로 자신을 소개하면 지금 여기에서 무엇을 하고 있는 나 자신이 더 중요해요. 어떤 집단에서 왔는지는 부차적입니다. 과거에서 현재에 이르는 내 역사가 중요한지, 아니면 지금 여기에 서 있는 내 모습이 더 중요한지. 언어마다 중요하게 생각하는 게 달라요.

이 종이 쪼가리 하나를 부르는 이름에도 이만큼의 문화가 녹아 있어요. 우리는 이걸 명함이라고 불러요. 우리의 존재를 증명해 주고, 집단 안의 내 위치도 알려주죠.

그런데 business card는 비즈니스-ing, 즉 비즈니스를 하고 있는 장면에서의 나를 알려주는 종이예요. 나 자신의 존재 자체를 알려주는 종이는 아니죠.

여러분, 저는 영어 공부가 집단에서 자신으로 초점을 옮기는 연습을 시켜준다고 생각해요. 일본은 특히 '공기를 읽는다'라는 표현이 있을 만큼 동조 압력이 센 곳이잖아요. 자신의 이야기를 하기 전에 집단을 먼저 읽어야 하는 문화죠. 하지만 영어는 주어인 I를 넣지 않으면 문장을 시작조차 할 수 없습니다. 일본어는 주어가 없어도 되지만, 영어는 꼭 있어야 해요. 좀 너무할 정도로 '나, 나, 나!'를 외쳐야 문장을 시작할 수 있는 언어입니다. 이렇게 새 언어로, 여러분 자신에 대한 이야기를 더 해볼 수 있으면 좋겠어요. 집단의 공기를 읽는 건 일본어로 실컷 연습했으니까요.

집단을 우선하는 문화가 나쁘다는 게 아닙니다. 저는 코로나 시국을 지나오며 집단에 속해 있는 게 얼마나 안정감을 주는지 깨달았어요. 일본 회사는 교통비도 주고, 1년에 1회 의무 건강검진도 받게 해주고, 여유가 있는 회사라면 주택 수당이나 사택을 제공하기도 하잖아요. 한번

정사원이 되면 웬만해서 잘리지도 않고요. 미국 회사에서는 생각하기 어려운 일입니다. 아침에 출근해 봤더니 해고 대상자가 되어 회사 건물에도 들어갈 수 없더라, 같은 일이 미국에서는 흔해요. 일본은 집단의 경계가 두터우니까 그런 일을 상상하기는 어렵죠. 제가 말하고 싶은 건 일본어는 별로고 영어는 좋다는 말이 아니라, 다르게 생각할 수 있는 사고의 틀이 있다는 거예요. 영어로도 일본어로도 생각을 조립하다 보면 자신에게 더 맞는 언어와 문화를 찾아갈 수 있고요.

이제 바로 옆 나라의 언어인 한국어 이야기를 해볼까요? 저는 정식 교육기관에서 일본어를 체계적으로 공부한 적이 없어서 정확히는 모르지만요, 일본에 딱 오자마자 느꼈어요. 일본어는 감정 표현이 아주 절제되어 있다는 걸요.

여러분, 한국어에는 아주 다양한 욕설이 있습니다. 수업이라서 차마 소개할 수는 없지만, 아주 창의적이고 기발하며 강력한 욕설이 많아요. 일본어에도 당연히 욕설이 많죠. 예, 여러분들 머릿속에 지금 떠오르는 그 말들이요. 물론 그 욕설도 어감이 세지만, 한국의 욕설은 장난이 아닐 정도로 셉니다. 신체 부위를 비하하는 말이라든가, 남의 사생활에 대한 욕이라든가. 한국 드라마를 보면 제일 자주 나오는 두 글자 욕 있죠. 그 욕의 어원을 알면 아주 놀랄 거예요.

그런데 여러분, 관점을 한번 뒤집어 봅시다. 아주 다양한 욕설이 있다는 건 아주 다양한 감정을 발산할 수도 있다는 거예요. 혹시 이런 감정 느껴본 적 없나요? 너무너무 화가 나고 짜증이 나는데 속으로 꾹꾹 눌러 담아야 할 때. 아무리 열심히 해도 일이 풀리지 않아서 소리를 꽥 지르고 싶을 때. 그럴 때 누군가에게 털어놓는 것만으로도 많이 가라앉잖아요. 똑같아요. 감정을 단어에 입혀 내 몸 밖으로 꺼내는 것만으로도 많이 편해지거든요. 자신의 감정을 혼자 끌어안고 삭이지 않아도 되는 거죠.

한국 장례식 장면을 뉴스나 드라마에서 본 적이 있는지 모르겠어요. 당연히 경우에 따라 다르지만, 통곡을 하거나 땅을 치거나 다른 사람을 붙잡고 "아이고아이고" 하는 모습이 나와요. 그렇게 누군가를 잃은 슬픔을 표현하는 게 당연하고, 모두 함께 울거나 토닥여 줍니다. 저는 반대로 일본 장례식을 보고 충격을 받았어요. 어떻게 다들 저렇게 조용한 걸까. 소중한 사람이 이제 이 세상에 없는데 어떻게 저렇게 절제된 모습을 보이는 걸까.

네, 한국어는 일본어에 비해 극단적 감정을 솔직하게 표현하는 언어입니다. 욕도 슬픔도 직설적이에요. 올해 한국어를 잘하는 일본 대학생을 만난 적이 있는데, 욕을 할 때는 한국어로 한다고 그러더라고요. 일본어에는 그런 단어가 없으니까요. 새로운 언어를 배운다는 건 내 감정에 맞는 새로운 단어를 발견한다는 뜻이기도 해요. 나를 표현할 수 있는 도구를 하나 더 갖는 거죠.

어떤 언어나 문화가 더 낫다는 이야기를 하려는 게 아니에요. 자기 자신을 제대로 알려면 타인의 피드백을 받아봐야 하잖아요. 이처럼 자신의 모국어, 즉 여러분의 경우에는 일본어를 제대로 이해하기 위해서는 외국어를 통해 일본어를 바라보는 시각도 필요해요. 언어의 틈새에서보면, 내가 일본어를 통해서는 표현하지 못했던 걸 다른 언어에서 찾을 수도 있고, 일본 사회 안에 있었을 때는 너무나도 당연하다고 생각했던 걸 새로운 언어로 질문할 수도 있어요.

나는 항상 '집단' 안의 나였는데, 새로운 언어를 쓰면 나 자신을 좀 더 나 '개인'으로, 더 자유롭게 표현할 수도 있죠. 나는 항상 감정을 끌어안고 혼자 삭이는 사람이었는데, 이 감정을 꺼내보고 더 솔직하게 타인과 교류할 수도 있는 거죠.

네, 저는 새 언어를 배우는 건 다양성을 몸에 착! 붙이는 거라 생각해요. 시선의 다양성, 생각의 다양성, 가치관의 다양성을요.

한 전공을 15년간 파 내려간 '덕후'의 우물에서 길어 올린 이야기는 이런 거였다. 한국어를 통해 일본어를 바라볼 수도, 영어를 통해 일본어를 바라볼 수도, 그리고 일본어를 통해 영어를 좀 더 잘 설명할 수도 있었다. 세 언어를 가로지르는 '덕질'은 이렇게 수업의 재료가 되어 퍼져나갔다.

손가락에
새겨지는

문자 체계

한국과 미국에서 여러 국적의 학생들을 가르치다가, 일본인 학생만으로 꽉 찬 강의실에 뚝 떨어지고 보니 그들만의 특징이 확 도드라졌다. 그때 받은 대충격 두 가지.

대충격 첫 번째. 학생들이 학습지에 글씨를 너무나 반듯하고 예쁘게 썼다. 무언가를 잘못 쓰면 줄을 쫙쫙 긋고 옆에 다시 쓰는 게 아니라, 지우개로 잘 지운 뒤 다시 썼다. 펜으로 잘못 썼을 때는 수정테이프나 화이트를 사용하는 게 아니라, 펜 전용 지우개로 지운 뒤 다시 썼다. 펜을 지울 수 있는 지우개가 있다는 것도 모르고 있었던 내게는 말 그대로 문화 충격이었다. 제출하는 것도 아닌데 어쩜 저렇게 깔끔하게 쓰지? 그냥 혼자 공부하는 종이일 뿐인데?

대충격 두 번째. 컴퓨터를 활용해 공유 문서로 학습 활동을 시작하면, 아무리 기다려도 학생들의 답이 올라오질 않았다. 답이 올라온다 해도 영어 스펠링이 어딘가 어색했다. 전문용어도 아니고 일반적으로 쓰는 communication이나 personal 정도의 단어였는데도 예상보다 오래 걸렸다. 내가 수업 난도 조절에 실패하고 있는 건가? 쉬운 단어 같은데 왜 스펠링 실수가 잦지?

세상 거의 모든 일은 직접 해봐야 아는 법이다. 일본

어 손글씨를 연습하기 시작하면서, 또 일본어 자판 타이핑을 연습하기 시작하면서, 조금씩 깨닫기 시작했다. 왜 이렇게 이 나라는 손글씨와 손그림을 좋아하는지, 왜 대학생이나 되었음에도 타이핑을 어려워하는지. 일본어 문자 체계는 그대로 손에 새겨진다는 걸.

초등학생용 한자 학습지를 사서 쓰기 연습을 하고 있을 때였다. 글자 쓰는 칸은 작은데 한자 하나의 획수는 많으니, 아주 가는 펜이 아니면 한자 획을 다 욱여넣을 수조차 없었다. 비슷하게 생긴 한자는 또 어찌나 많은지. 학습지에도 점의 방향, 쓰는 순서, 자주 하는 실수가 모두 나와 있었다. 아, 문자 체계의 구성 원리가 이렇게 촘촘하고 빡빡하니 어릴 때부터 깨끗하게 쓰는 연습을 엄청 시키는 거겠구나. 이 조그만 공간에 열 개 넘는 획이 들어가는 경우가 다반사니 얇고 좋은 펜으로 쓰지 않으면 안 되겠구나. 문구류 '덕후'들이 일본 만년필과 종이를 그렇게 좋아하는 이유가 있군. 한자를 쓰는 타 문화권에 가본 적이 없어서 일반화할 수는 없지만….

일본 생활이 길어지고, 직접 컴퓨터로 일본어를 타이핑해 보고서야 왜 학생들이 영어 타이핑을 어려워하는지

도 알게 되었다. 일본어는 로마지 입력과 가나 입력이라는 두 가지 방식으로 타이핑할 수 있는데, 로마지 입력은 알파벳을 통해 히라가나를 입력한다. す스를 입력하고 싶다면 s와 u를 넣어서 변환하는 식이다. 가나 입력은 키보드에 적혀 있는 히라가나를 바로 누르면 된다. す는 영어의 R키에 있으니, 이걸 누르기만 하면 す가 입력된다. 매 학기 80명 정도의 학생들을 만나는데, 가나 입력 방식으로 타이핑하는 학생은 단 한 명도 못 봤다. 궁금해서 검색해 보니, 공신력 있는 조사는 없지만 90퍼센트 정도의 일본인이 로마지 입력을 쓴다고 한다. 로마지 입력은 기본이 되는 영어 알파벳 키 배열만 외우면 영어도 일본어도 입력할 수 있지만, 가나 입력을 하려면 알파벳 키 배열과 히라가나 키 배열, 두 가지를 다 외워야 하기 때문이다.

문제는 외래어를 일본어로 타이핑할 때다. 한국어는 '커피'를 입력하려면 한글 배열에서 ㅋ, ㅓ, ㅍ, ㅣ 키 네 개를 누르면 끝이다. 하지만 일본어로 コーヒー코-히-를 쓰고 싶다면, 알파벳 배열에서 ko-hi- 또는 co-hi-라고 타이핑하고 가타카나로 변환해야 한다. 세상에 이럴 수가. 커피와 coffee는 서로 다른 키보드 배열을 써서 입력하기 때

문에 헷갈릴 일이 없지만, coffee와 ko-hi-는 같은 키 배열을 써서 입력해야 하니까 너무 헷갈렸다. 내 입장에선 coffee와 ko-hi- 사이의 갭도 너무 컸고. '나는 커피를 마신다' 같은 문장을 일본어로 쓸 때, 나도 모르게 coffee를 쓴 이후에 왜 변환이 안 되는지 쳐다보곤 했다. 머릿속에서 먼저 일본어식 영어 스펠링을 생각한 다음에 타이핑을 해야 오류를 막을 수 있었다. 그런데 일본어식 영어는 어쩜 이렇게 어려운지….

그나마 ko-hi-정도는 양반이었다. 컵이나 패션 같은 단어는 한숨부터 나온다. 영어는 cup이지만, 일본어는 コップ콥푸기 때문에 koppu 혹은 coppu로 입력해야 한다. cup과 koppu 사이의 거리는 도대체 얼마나 먼 거야. 패션의 스펠링은 fashion이지만, 일본어는 ファッション홧숀이기 때문에 fassyonn으로 타이핑해야 한다. 한국어의 패션과 영어의 fashion은 아예 키 배열이 다르니 서로 헷갈릴 일이 없었다. 그런데 일본어는 키 배열이 같은 데다 영어라면 fashion, 일본어라면 fassyonn을 떠올려야 하는 게 너무 고역이었다. 아, 일본 학생들 입장에서는 가타카나 타이핑 하나 제대로 못하는 내가 웃기겠구나….

비슷한 처지에 놓이고 나서야 깨달았다. 일본인 학생

들은 '일본어식 영어'에서 벗어나 '영어식 영어' 스펠링을 처음부터 다시 배워야 하니 너무 어렵겠다고. 왜 영어 타이핑을 잘 못하는지 답답해하면 안 되겠다고. 지금까지 학생들에게 커뮤니케이션과 퍼스널은 comyunike-syonn과 pa-sonaru였을 텐데, 이걸 communication과 personal로 바꿔야 하는 거니까.

'체화된 인지'라는 용어가 있다. 우리의 인지 능력은 머리에서만 형성되는 게 아니라 몸의 경험으로도 만들어진다는 개념이다. 데카르트의 명언 "나는 생각한다 고로 나는 존재한다"처럼 머릿속에서만 사고 활동이 일어나는 게 아니라, 눈, 손, 귀, 입, 코, 다리, 팔 등 몸으로 감각하는 것 역시 사고 활동의 일부다. 글자를 손으로 써보고 타이핑해 보는 건 그 자체로 몸의 경험이었다.

우리는 몸으로 글자를 경험한다. 내가 지금까지 굵은 펜으로 글씨를 대충 휘갈겨 쓸 수 있었던 건, 한 글자에 열 획이 넘는 글자가 그리 많지 않은 한글의 체계 덕이었다. 내가 영어 타이핑을 할 때 스펠링을 헷갈리지 않을 수 있는 건, 한글과 영어 타이핑 체계 자체가 다르기 때문이었다. 만약 한글도 알파벳을 통해서 ga로 '가'

를, na로 '나'를 타이핑해야 했다면, 그리고 내 인지 체계가 그렇게 형성되어 왔다면, 나 역시 communication을 keomyunikeisyun으로 치지 않을 자신이 없다.

문자 체계는 이렇게 손가락에 새겨지고 사람들은 이 손가락으로 문화를 만들어왔다. 반듯한 손글씨, 가늘고 필기감이 좋은 필기구, 번지거나 찌꺼기가 생기지 않는 펜, 질 좋은 종이. 일본 학생들을 만나면서 깨달았다. 내 손에 새겨진 문자 체계를 돌아보지 않고 학생을 이해할 수는 없구나. 문자 체계는 손가락에 새겨지고, 나는 손가락으로 글을 타이핑해서 머릿속 생각을 정리한다. 언어는 몸의 경험이다. 그리고 언어를 가르치고 배울 때 필요한 건, 몸의 경험이 어떻게 다른지 살펴보고 맞추어가는 배려다.

젖어드는
말

"고객님 남자 친구는 소금계예요? 간장계예요?"

부기를 빼려고 마사지숍에 가서 맨다리를 훤히 내놓자, 내 종아리의 뼈와 살을 하나하나 발라내던 관리사님이 특유의 친화력을 발휘하며 물었다.

응? 갑자기 왜 조미료가 나오지? 의아해하며 답을 못하니 관리사님이 재빠르게 덧붙이셨다. "소금계는요~ 좀 하얗고 동글동글하고 쌍꺼풀 없는 타입이고요, 간장계는 이목구비 딱 나오고 코 높고 쌍꺼풀 진한 그런 타입이요." 아, 일본어에는 그런 말이 있구나. 집에 와서 찾아보니 소금과 간장 외에도 설탕, 식초, 마요네즈, 케첩, 미소(일본 된장), 올리브오일 등 온갖 종류의 얼굴이 존재했다. 설탕계는 소년스럽고 귀여운 인상, 식초계는 담백하고 깔끔한 인상 등등. 일본어 언중의 조어 능력은 사람을 조미료에 비유하는 데까지 발전했구나.

이 표현을 알게 된 이후, 사람을 보면 이상하게 계속 조미료 이미지가 머리 위에 둥둥 떠다녔다. 시각과 미각은 완전히 다른 감각인데도, 이렇게 착착 달라붙을 수가. 투명한 물에 잉크 한 방울을 톡 떨어뜨리면 그 잉크가 사르르 퍼져나가듯, 새로운 단어 하나가 내 몸과 사고를 적셔갔다.

일본에서 직장 생활을 하는 친구와 이야기하고 있을 때였다. 친구는 최근 들어 거래처의 40대 한국인 남성과 자주 연락하는데, 그 사람이 20대인 자신을 미묘하게 하대하는 것 같다고 푸념했다. "한국은 직위보다 나이가 중요할 때가 있어서 그러나 봐. 그런데 미묘하게 하대한다는 게 어떤 거야?" "나한테만 계속 이메일에 よろしくお願いします요로시쿠오네가이시마스라고 쓰더라고!"

아니, 그게 왜 문제지. 일본에서는 옷깃만 스쳐도 스미마셍, 요로시쿠오네가이시마스 달고 사는 거 아니었나? 얄디얕은 내 일본어 지식으로는 무엇이 문제인지 알 수가 없었다. 헤매고 있는 나에게, 친구가 친절히 내 눈높이에 맞추어 알려주었다. 비즈니스 이메일의 기본 중 기본, '잘 부탁드립니다'는 여러 가지 버전이 있다고.

기본형인 よろしくお願いします요로시쿠오네가이시마스보다 좀 더 공손한 버전은 よろしくお願いいたします요로시쿠오네가이이타시마스야. 거래처에 무언가를 부탁할 때는 후자를 쓰는 게 더 적절해. 전자를 쓸 거면 적어도 '수고스러우시겠지만'을 붙여야지.

순간 내가 지금까지 써왔던 수많은 이메일이 머리를 스쳤다. 아니, 내가 그런 차이를 어떻게 알아. 의미만 통하면 되는 거 아냐. 일본 성인도 경어는 어려워한다던데, 말조차 제대로 못하는 외국인이 어떻게든 현지어로 써서 냈으면 된 거지. 영어로 이메일 안 보내고 일본어로 보낸 것만 해도 나는 내 몫을 다했다고. 애써 창피함을 꾹꾹 누르며 괜찮다고 세뇌하면서도, 마음속 한편에는 창피함이 줄줄 새어나갔다. 어떡해….

'오네가이시마스'와 '오네가이이타시마스'의 방울이 톡 떨어지고 나니, 온갖 새로운 경어가 보였다. 항상 이메일 박스에 날아와 쌓이는 메일, 인트라넷의 공지 사항, 옷가게에서 점원이 쓰는 말, 전화로 문의할 때 상대방이 하는 말…. 아, 이렇게나 경어에 둘러싸여 살았는데 지금까지 몰랐구나.

교실로 돌아오면 또 새로운 언어가 톡톡 떨어졌다. 대학교 1학년 대상으로 영어 수업을 하던 중이었다. 기계번역을 더 잘 쓰기 위해 번역기가 제대로 번역해 내지 못하는 일본어를 찾고 있었다. "선생님 치-규チー牛라고 들어봤어요?" 아니, 도대체 그건 또 무슨 말이야. "치즈규동을 주문할 것 같이 생긴 사람이요!"

설명을 듣고도 동공이 흔들렸다. 도대체 치즈규동을

시킬 것처럼 생긴 사람은 어떤 사람일까? 일본의 규동 가게는 한국의 김밥 전문점처럼 저렴한 음식을 파는 이미지인데, 저렴한 음식점에 가서도 고급 치즈 토핑을 포기하지 않는 사람이란 뜻인가? 근데 그런 사람은 도대체 어떻게 생긴 사람이지? 한국에서는 매운 거 못 먹으면 치즈를 올리니까, 한국의 '맵찔이' 같은 이미지인가? 규동은 맵지도 않은데 치즈를 왜?

학생이 친절히 덧붙였다. 현실 세계에서는 안경을 끼고 유치한 헤어스타일을 하고 소심하게 행동하지만, 온라인 세계에서는 활발한 사람이라고. 아, 그러니까 '키보드 워리어' 같은 느낌인가? 학생이 아예 검색 엔진에 치-규를 타이핑해서 이미지 결과를 보여주었다. "이렇게 생긴 사람이요!" 키보드 워리어는 공격적인 느낌이 강하지만 치-규는 그렇지 않았다. 도대체 이게 뭐지? 이런 사람이 정말로 있어서 치-규라는 신조어가 생긴 건지, 아니면 치-규라는 신조어를 만들어서 이런 사람을 분류하는 건지 알 수가 없었다.

톡톡 떨어지던 새 말은 어느새 폭포수처럼 쏟아졌다. 대학교 1, 2학년과 함께하는 수업은 특히나 그랬다. "선생님, 일본에서 미남은 센타-파-토センターパート, 중간에 가르마를 내는 것 헤어스타일을 한 사람이거든요. 이 스타일은 영어로 어떻게 쓰나요?" "일단 선생님이 하는 설명 메못테メモって, 영어 명사 '메모'를 동사로 활용한 표현으로 뜻은 '메모해 둬'." "여러분, 모르는 단어는 구구루ググる, 구글에서 찾아보다하세요." 어느 순간 나도 자연스럽게 스며들어 신조어를 쓰고 있었다.

말은 나를 마음대로 적셔가고, 마음대로 증발해 사라져 갔다. 방학 동안 학생들을 만나지 않으면 내 신조어 능력은 원래부터 없었다는 듯 사라졌고, 경어 역시 내가 쓰지 않으면 그대로 내 몸을 빠져나갔다. 몸에는 신조어, 경어, 학생 언어, 병원 언어, 관공서 언어 등이 툭툭 떨어졌다가, 훅 젖어들었다가, 좌르르 빠져나간 흔적이 얼룩덜룩 남았다.

내가 새로운 말을 낚아온 걸까, 아니면 새로운 말이 나한테 젖어들어 온 걸까. 언어의 바다에서 헤엄치다가 내가 새로운 말을 하나하나 낚아 그물 안으로 가져오는 걸까, 아니면 말이 내 몸을 하나하나 적셔가는 걸까.

새로운 언어를 공부하는 과정은 의식적인 노력으로 단어와 문법을 외우고 연습하는 거라고 생각하지만, 이렇게 젖어들었다 얼룩덜룩 남은 흔적으로 완성되는 언어의 물결도 있는 거였다.

‘푸라이베-토’의 방 안에서

"공과 사를 구분하라."

무엇이 공이고, 무엇이 사일까? 뭔지는 잘 모르겠지만, 구분을 똑바로 하라니까 일단 나누어봐야지. 나에게 안겨 있는 일들을 죽 펼쳐본다. 수업 준비, 집에 가는 길에 저지방 우유 사기, 학생 상담, 가와사키 시 다문화 행사 기획, 한국 고등학교 온라인 출강, 일본에 놀러 온 친구와 약속 잡기, 곧 출산을 앞둔 친구를 위해 선물 고르기, 다음 달 말로 잡혀 있는 원고 마감, 힘든 시간을 보내고 있는 친구에게 메시지 보내기, 이 학교에서 근무를 시작하는 선생님 지원하기.

이제 이 일들을 공과 사의 바구니에 나눠 담아본다. 수업 준비는 '공' 바구니에. 저지방 우유 사기는 '사' 바구니에. 그런데 학생 상담을 집어 들고 약간 머뭇하게 된다. 나는 학교에서 만난 학생 외에도 여러 사람들을 상담하고 있다. 학교에서 만난 학생이라도 영어가 아니라 다른 건을 문의하는 때도 많은데, 이런 경우는 공인가 사인가. 이따가 분류하자. 어쩔 수 없다. 일단 내려놓는다. 다음 일. 다문화 행사 기획. 이건 돈을 받고 하는 일은 아니고 우리 시 자원봉사자들이 함께하고 있다. 그런데 사적이라고 이야기하기엔 이것도 엄연한 공공의 일인데. 일단 보류한다. 그다음, 한국 고등학교 온라인 출강. 이 일은 누가 봐도 '공' 바구니에 속할 법하지만, 내가 재직 중인 일본 대학교의 입장에서 보면 외국의 다른 학교에서 하는 일이니까 '사'일 거다. 그럼 이 일은 또 어느 바구니에 넣어야 하나?

어지럽게 널려 있는 일을 보면서 곰곰이 생각해 본다. 내가 왜 이 일들을 바구니에 넣어 분류하고 있지? 바구니는 왜 두 개뿐이지? 기준은 누가 정하는 거지? 아니, 제일 먼저, "공과 사를 구분하라"는 건 어떤 상황에서 누가 하는 말이지?

일본에 왔을 때 눈에 띄었던 단어가 있다. 푸라이베-토プライベート. 당연히 사적이라는 의미일 거라 생각했는데 이 단어가 사용되는 방식이 내가 아는 영어의 private과는 좀 달랐다. 데이팅 앱을 열심히 보던 때, '좋아요'가 오면 그 사람의 계정에 들어가 프로필을 읽어보았다. "일도 푸라이베-토도 충실히 하고 있습니다仕事も プライベートも 充実させています" "푸라이베-토에서는 음악을 좋아해서 자주 라이브 콘서트도 가고 있습니다プライベートでは 音楽が好きで、よくライブも 行きます" "휴일에 푸라이베-토로 야구를 하고 있습니다休日に プライベートで 野球を しています" 같은 문장이 많이 보였다. 무슨 의미인지는 알 것 같지만, 영어 private의 용례와는 좀 달랐다. 사적인 걸 충실히 하다니? 사적인 데서는 음악을 좋아한다니? 사적으로는 야구를 하고 있다니?

길에서 여성복 매장을 지나치거나, 온라인 쇼핑을 하다 보면 ON과 OFF가 적힌 광고판이 종종 보였다. 예를 들면, 온&오프 양쪽 다 쓸 수 있는 옷オン&オフ 両方 使える 服 혹은 ON/OFF 쓸 수 있는 아이템ON/OFF 使える アイテム 같은 문구. ON은 '일' 복장, OFF는 '푸라이베-토' 복장이었다. 한국에서도 ON/OFF를 쓰지만, 출근룩/데일리룩으로 구분하거나 혹은 하객룩처럼 어떠한 상황에 '~룩'을 붙여 표현하는 게 더 일반적인 것 같았다.

이 나라 사람들은 온과 오프의 스위치를 켰다 껐다 하듯이 일과 일이 아닌 걸 구분하는 걸까. 일은 일, 나머지는 푸라이베-토 이렇게. 한국에서라면 포멀도 캐주얼도 어울리는 치마 혹은 하객룩도 피크닉룩도 OK!처럼 광고할 것 같은데. 이렇게 스위치로 딸깍딸깍 온과 오프가 되는 공과 사의 구분은 어디서 온 걸까?

돌아보면 일본에서 일하는 동안, '일'과 '푸라이베-토'는 온과 오프 스위치처럼 딸깍딸깍 전환되었다. 나는 이 학교에서 일한 지 3년이 넘어가도록 상사의 메신저 아이디도 몰랐다. 지금도 휴대폰 번호는 서로 모른다. 상사의 메신저 계정을 알게 된 것도 학생에게 응급 상황이 발생했기 때문이었다. 그 일이 없었다면 지금도 모르고 있을지도.

교원은 밤 9시 이후에 학교에 남아 있을 수 없다. 꼭 남아 있어야 한다면 사전에 서류를 제출해 승인을 받아야 한다. 학생 시절에도 시험 기간이 되면 도서관에 살림을 차리고 밤을 새우면서 살다시피 하던 나에게는 너무 이상한 문화였다. 박사생 때는 저녁 먹으러 집에 갔다가 잠깐 쪽잠을 자고, 다시 도서관에 가서 거의 매일 새벽 2시에 돌아오는 생활을 반복했던 터라 더 이상했다. 밤 9시면 이제 저녁 먹고 돌아와서 한창 일할 시간인데 왜 집에 가라고 하는 거지?

출근할 때는 비즈니스 캐주얼을 입어야 한다. 나는 정장에 도저히 적응할 수가 없어서 적당히 한국 기준으로는 포멀하지만 일본 기준으로는 포멀이라고 하기엔 힘든 옷을 입고 다니고 있다. 기본 블라우스에 정장 치마와 카디건, 원피스에 카디건 식으로. 여성복은 그나마 선택의 자유가 있지만, 남성복을 입는 동료들을 보면 안쓰러울 정도였다. 사람이 쓰러질 만큼 더운 37도 날씨에 긴팔 셔츠와 넥타이, 재킷, 구두에 마스크까지 쓰고 출근하는 동료를 보면 경외감이 들었다. 사람이 일단 살고 봐야 하는 거 아닌가. 한국이라면 중년의 상징, 골프 티와 골프 바지를 입고 출근했을 텐데. 그러면 관리하기도 쉽고 수업하기도 수월할 텐데.

스위치가 '온'에 맞춰져 있을 때는 의문스러운 게 많았지만, '오프'로 전환될 때는 새로운 해방감이 있었다. 교원은 퇴근 시간이 정해져 있지는 않지만, 일단 퇴근한 이후에는 학생에게 메일이 날아와도 다음 날 출근해서 답하면 되고, 동료에게 연락이 오는 일도 없었다. 행정 직원이 퇴근하는 5시 30분을 기준으로, 4시가 넘으면 오래 걸리는 안건은 되도록 보내지 말고, 5시 30분 이후에는 메일을 자제하고 다음 날 보내는 걸 권유하는 지침이 내려오기도 했다. 한국과 미국에서 강사로 일할 때는 언제 날아오는 이메일이든 거의 즉답하는 게 기본이었는데, 이 온도 차이는 뭔가.

"학생과는 학교 공식 이메일을 통해서만 대화하고, SNS 등의 메신저는 사용하지 마세요." 학교의 지침 덕분에 내 개인 SNS에 학생이 등장하는 일은 지금까지 단 한 번도 없었다. 메신저 단체방을 만들어서 학생의 질문에 24시간 대답하지 않아도 되고, 메일은 보내는 형식이 정해져 있기 때문에 용건에만 딱딱 답하면 된다. 코로나 3년을 이렇게 보냈으니 이게 당연한 거라고 생각했는데, 같은 시기 한국에서는 수업마다 오픈 채팅방을 만들어서 공지도 하고 질의응답도 했다는 걸 듣고 너무 놀랐다. 스마트폰에 계속 알림이 뜨면 너무 스트레스 받을 것 같은데. 학생들 질문에 늦게 답하면 강의평가 점수도 깎이는 걸까.

동료 그 누구도 몇 살이에요, 남자 친구 있어요 같은 사생활에 관한 질문을 하지 않았다. 자기 자신이 먼저 이야기하지 않으면 아무도 묻지 않았다. 누군가 "아들이 이번에 고등학교 졸업해요" "내년에 결혼할 예정이에요" 하고 이야기를 꺼내면 그에 맞춰 축하 카드도 쓰고 결혼식에도 가곤 했지만, 먼저 말하지 않는 이상 누구도 몰랐다. 이웃 연구실을 쓰는 동료 선생님이 기혼자였다는 것도 몇 년이 지나고야 알았다. 나도 묻지 않았고, 선생님도 이야기하지 않았고, 그 정보가 필요하지도 않았으니까. 서로 관심도 없고 정도 없다고 말할 수도 있겠지만, 나에게는 이쪽이 더 편했다.

"공과 사를 구분하라."

일본에서의 경험 이후, 이 말이 너무 이상하게 느껴진다. 한국에 있으면 모든 게 카카오톡으로 날아왔다. "우체국 알림톡" "우리 5월 숙소 어디로 예약해?" "제출 기한에 대해 안내드립니다" "카카오톡 보호 조치 안내" "보험 채팅 상담" "주문 케이크 예약" "한국 왔다며~ 언제 시간 돼?" 이 모든 메시지가 어지럽게 동시에 떠 있었다. 뭐가 먼저고 뭐가 나중이지. 뭐가 공적인 거고 뭐가 사적인 거지. 공적인 메시지와 사적인 메시지가 다 떠 있는데 이걸 어떻게 구분하라는 거지.

일본은 아예 '푸라이베-토'라는 말을 만들어서 '공'과 분리되는 방을 따로 만들었구나. "일도 푸라이베-토도 충실히 하고 있습니다仕事も プライベートも 充実させています"라는 말을 한국어로 "일도 사적인 것도 충실히 하고 있습니다"라고 말하면 아무래도 어색하다. "일도 취미도 충실히 하고 있습니다"라면 모를까. 공과 사를 구분하려면, 먼저 숨쉴 수 있는 '푸라이베-토'의 방이 필요한 거 아닐까.

자아를

갈아입고 말하기

기온이 연일 치솟던 6월의 여름날, 시험 감독 일 때문에 땀을 뻘뻘 흘리며 출근했다. 감독 업무에 대해 브리핑하던 행정실 직원이 내 이름이 붙어 있는 파우치를 하나 건넸다. 충전기와 설명서, 그리고 폴더형 휴대폰이었다. 20년 전에나 썼을 것 같은 폴더폰. 그나마 내 손이 이걸 여는 법을 기억하는 게 다행이었다. 그런데 저한테 이걸 왜 주시죠? 이 휴대폰은 뭐죠?

"선생님, 건물1의 감독관장이시잖아요. 이 버튼을 누르면 주소록이 뜨는데, 서로 연락할 때 쓰시면 됩니다."

아니, 이게 뭐야. 한국 같았으면 개인 스마트폰으로 그룹 채팅방을 하나 만든 다음에, 건물1, 건물2, 건물3의 상황을 공유했을 터였다. 무슨 일이 있다면 채팅방에서 태그를 걸어 "미소 선생님, 지금 건물1 상황 알려주세요"라고 하지 않았을까? 그런데 이 나라는 단 몇 시간의 시험 감독 업무를 위해 업무용 폴더폰을 따로 지급했다. 이걸 위해 행정실 직원은 열 개 넘는 폴더폰을 다 초기화하고, 주소록에 감독관들의 이름을 등록했을 거다. 세상에, 얼마나 시간이 많이 걸렸을까? 빨리빨리와 효율성의 나라에서 온 인간은 도저히 이해할 수가 없었다. 도대체 왜….

이 폴더폰은 마법 소녀의 펜던트 같은 거였다. 이 펜던트를 열면 뿅, 교직원이 되어 일하는 거야! 둘러보니 이런 아이템은 꽤 많았다. 흰 티셔츠에 검은 바지를 입고 앞치마만 두르면 되는 아르바이트 직원이라도, 출근해서 앞치마만 휙 두르는 게 아니라 꼭 일할 때 입을 옷을 따로 챙겨 와서 갈아입었다. 필라테스를 하러 가거나 헬스장에 갈 때, 아무리 평범한 운동복이라도 다들 탈의실에서 갈아입는 분위기였다. 집에서부터 운동복을 입고 와서 운동한 후 그 옷 그대로 돌아가는 사람은 나뿐이었다. 운동 끝나고 일하러 가는 것도 아닌데 왜 다들 갈아입는 거지? 어차피 집에 가는 건데 그냥 가면 안 되나? 이건 한국인의 생각이었고 일본인은 그렇지 않았나 보다. 나중에 물어보니 땀 냄새가 날까 봐 그런다고. 일리 있는 말이었지만, 답을 해준 분의 집은 지하철로 딱 5분 거리였다. 그것도 텅텅 빈 지하철. 그 5분을 위해 옷을 갈아입는다니. 일본 마법 소녀들이 악당을 무찌르러 갈 때 변신 장면이 꼭 들어가는 이유가 있었다. 다들 일상에서 그런 변신을 하고 있었으니까.

이 나라는 상황에 따라 자아를 갈아입는 거 아니야? 마법 소녀들도 평소에는 평범한 학생이지만 변신만 하면 악당을 물리치는 정의의 마법 소녀가 되듯이. 지금은 내 아르바이트 자아, 집에 갈 때는 아르바이트 자아와 관련된 모든 옷도 상징도 다 벗어두고 내 사적 자아로. 지금은 필라테스 자아, 필라테스가 끝나면 다시 내 사적 자아로.

자아를 벗어놓고, 갈아입는 건 언어에도 그대로 드러났다. 한국어는 존댓말이 있고 일본어는 경어가 있지만, 단순히 둘이 비슷하다고 말하기는 어려웠다. 카페나 식당에 갔을 때 주문을 하면 점원이 '알겠습니다'라는 뜻으로 "かしこまりました카시코마리마시타"를 썼다. 아, 이게 '알겠습니다'의 정중한 언어구나! 배운 대로 학교에서 썼더니 학생도 동료 선생님들도 의아한 표정을 지었다. 아니, 반응이 왜 이렇지. 나중에 화상 일본어 수업 선생님에게 물어보니 부하-상사, 점원-손님 같은 관계에서 전자가 써야 하는 말이라고 알려주었다. 아, 관계에 따라 자아를 갈아입고 말해야 하는구나….

어느 날은 행정 직원이 회의 중에 자기 자신을 '저는'이라고 표현하지 않고 '다케시타는' 이런 식으로 자신의 성을 넣어 이야기했다. 웩, 회의 자리에서 3인칭으로 자기 자신을 가리키다니, 이렇게 오글거릴 수가! 뭔가 이상

하다고 계속 생각했는데, 이것도 나중에야 알게 되었다. 1인칭으로 자기 자신을 불러도 되지만, 여러 사람이 참여하는 비즈니스 회의에서는 누가 무엇을 하는지 확실히 하는 게 중요하기 때문에 "다케시타가 회의록을 정리합니다"처럼 화자의 성을 넣어 이야기하는 거라고. 아, 이분도 자아와 말을 갈아입고 회의에 왔던 거구나. 평소에 쓰는 말을 넣어두고, 회사에서의 자아 '다케시타' 3인칭을 꺼내서 썼던 거구나. 자기 자신이 중심인 '저는'을 쓰는 게 아니라.

미팅을 하면서도 알게 되었다. 내가 다른 학교의 선생님을 초대했을 때 우리 센터장인 야마시타가 부재중이라면, "야마시타 님 지금 부재중입니다"라고 이야기할 거다. 하지만 일본에서라면 "야마시타 지금 부재중입니다"와 같이 말해야 한다. 다른 선생님 앞에서 우리 학교 사람을 높이면 안 되기 때문에. 한국에도 압존법 예절이 있다고 하는데, 한국에서 실제로 써본 적은 없고 일본에 와서 처음 써보게 되었다. '우리'의 범주에 속하는 사람과 '손님'의 범주의 속하는 사람을 생각해서, 그 관계에 맞추어 자아를 갈아입고 이야기해야 했다. 손님, 저는 지금 이 기관을 대표해서 손님을 안내하는 중이니까, 예의 바른 '안내인' 자아를 입고 손님 기준에 맞춘 언어를 쓸게요. 제 기준으로 '야마시타 님'이라고 부르는 게 아니라.

배워도 배워도 끝없는 경어와 비즈니스 언어의 세계를 탐험하면서 생각했다. 이렇게 온갖 말이 생겨난 이유는 상황에 따라 수행해야 하는 자아상이 너무 뚜렷하기 때문은 아닐까? 상황에 따라 자아를 갈아입고 역할을 수행하고, 그 상황이 끝나면 바로 자기 자신으로 돌아오고. 그게 옷에도 언어에도 그대로 녹아 있었다. 내가 이 폴더폰을 반납하면, 반납하는 그 순간부터 시험 감독 일을 더는 생각할 필요가 없듯이.

선을
넘어가지
않는

정

교사를 지망하는 학생을 위한 영어 수업을 담당했을 때였다. 대학교 1학년 학생이 영어로만 모의 수업을 하기는 어려울 테니, 영어 50퍼센트, 일본어 50퍼센트로 모의 수업을 하도록 했다. 모의 수업 참관 중, 교사 역할을 하고 있는 일본인 학생이 이야기했다. "교재 56쪽의 문제 A를 푸세요."

학생의 말을 듣자마자 '어?' 하는 물음표가 떠올랐다. 나라면 저렇게 말하지 않았을 거니까. 나는 아마 "해주세요やってください"라고 말했을 거였다. 영어라면 solve풀다를 썼을 테고. 학생이 말한 건 달랐다. 직역하면, 교재 56쪽의 문제 A를 "해 받고 싶습니다やってもらいたいです"였다.

한국어의 "문제를 푸세요"는 나와 타인 사이의 선을 넘어가서 타인에게 무언가를 맡긴다. 말을 하는 사람은 나지만, 문제를 풀어야 하는 사람은 타인이다. 영어 표현도 똑같다. Please를 붙인다고 하더라도, 문제를 solve해야 하는 사람은 타인이다. You와 I 사이의 선을 넘어가 you에게 문제를 푸는 일을 맡긴다는 점에서는 같다.

학생이 사용한 '~て もらう테 모라우'라는 표현은 나와 너를 구분하는 선을 찍 그어버렸다. '~て もらう'는 한국어로 직역하면 '~해 받다'라는 뜻으로, 나와 타인의 선을

넘어가지 않고, 내 선 안에 머무르며 '해 받고 싶다'고 말한다. 당신은 문제를 풀고, 나는 그걸 받고 싶다고. 나는 당신에게 문제를 풀라고 직접적으로 말하지는 않지만, 나는 당신이 푼 문제를 받고 싶다고. 분명히 다른 사람에게 무엇을 시키는 표현이지만, 이상하게 '~해 받다'는 뜻의 표현을 썼다. "물 좀 주세요"와 "물 좀 받고 싶습니다"의 차이. 후자가 더 공손하게 들릴 수야 있겠지만, 꼭 이렇게까지 말해야 하나.

이 표현에 쓰인 동사 もらう는 영어의 do처럼 흔히 쓰이지만, 접할 때마다 차갑다는 느낌을 받았다. 뭐가 이렇게 정情이 없어. 왜 남과 나 사이의 선을 이렇게 찍 그어버리는 거지. 그냥 시키고 싶으면 솔직하게 "해줘"라고 말하면 되잖아. "오늘 집에 올 때 라면 좀 사다 줘" 대신에 "오늘 집에 올 때 라면 좀 받아도 돼?"라고 말하는 격이었다. 남에게 민폐를 끼치지 말라는 정서가 언어에도 그대로 있네. 이런 정 없는 언어, 정 없는 나라라니!

아무리 정 없는 나라에 산다고 해도, 나는 초코 과자에도 정이 붙는 정의 나라 출신으로서 K-정을 보여주고 싶었다. 이 나라는 회식비도 사원이 돈을 각출하는 게 일반적일 만큼 정이 없지만, 나는 연장자가 "오늘은 제가 쏩니다!"를 외치는 정의 나라 출신이니까. 한 학기가 끝나기 전, 학생들에게 과자를 쏘기 위해 백화점 지하 매장에 갔다. 한 반은 22명, 다른 반은 15명이니, 나눠 먹기 좋도록 개별 포장이 되어 있고 나름 고급스러워 보이는 세트로 골랐다. 구움 과자 두 세트를 결제하려고 하는데, 계산대의 직원이 물어보았다. "자택용인가요, 선물용인가요?" "종이봉투 더 필요하세요?" "비닐로 싸드릴까요?"

이 나라에서 무언가를 살 때 선물용이라고 말하면 종이봉투를 두 개 준다. 하나는 내가 집까지 들고 갈 때 쓰기 위한 봉투, 다른 하나는 선물할 때 깔끔하게 넣어서 주기 위한 봉투. 비 오는 날에는 종이가방에 비닐 커버까지 씌우고, 테이프로 꼼꼼히 싸매서 봉투가 젖지 않게 한다. 학교에 와서 학생들에게 과자를 돌리기 전, 새 봉투에 구움과자 세트를 착착 넣으며 생각했다. 이 나라는 타인과 나 사이의 선이 왜 이렇게 두꺼울까. 그렇게 선이 두껍고 견고한 곳이니까 부탁을 할 때도 '~て もらう' 같은 표현을 쓰는 거겠지. 선을 넘어갈 때는 이렇게 흠집 하나 없는 빳빳한 새 봉투에 넣어서 줘야 된다는 거지. 이 정 없는 나라….

적응이란 무서운 거였다. 처음 봉투를 두 개씩 받았을 때는 '아니, 이런 자원 낭비가! 뭘 이렇게까지 해서 선물을 해야 해!'라고 생각했지만, 어느새 나도 선물을 할 때 새 봉투에 깔끔하게 넣어 두 손으로 건네는 사람이 되어 있었다.

새 봉투에 선물을 넣는 게 익숙해졌을 때쯤 알게 되었다. 이 나라는 선을 지키는 게 그 나름의 정이구나. 뭘 사서 먹이는 게 아니라, 뭘 사서 예쁘게 놓아둔 뒤 원하면 가져가라고 하는 것. 플러스를 만들려고 하는 게 아니라 마이너스가 되지 않게 하는 것. 선물을 하나 사도 받는 사람의 기분을 생각하는 것. 일상생활에서 다른 사람이 불편하지 않도록 하는 것.

돌아보면 그랬다. 이 나라를 걸어 다니다 보면 길에서 담배를 피우는 사람을 보긴 하지만, "카악~ 퉤!"는 들어본 적이 없다. 지하철을 타면 모두가 우산을 묶어서 물이 떨어지지 않도록 했고, 백팩이나 큰 가방을 앞으로 메서 다른 사람이 지나가기 편하게 했다. 어느 카페나 음식점을 가든 가방을 놔두는 바구니가 있어서 가방을 바닥에 두지 않아도 되었다. 아무리 붐비는 신주쿠역이라도 다른 사람의 어깨나 팔을 치지 않았고, 실수로 닿으면 바로 사과했다. 좁은 통로를 지나가다가 맞은편에서 누가 다가오면, 서로 스미마셍을 외치며 길을 텄다.

학교에서도 마찬가지였다. 학생들은 지우개질을 열심히 하고 나서 지우개 똥을 모두 모아 따로 버렸다. 강의실마다 우산 꽂이가 있어서 바닥이 물바다가 되는 일은 드물었다. 수업 시간에 각자 영상을 봐야 하는 일이 있으면 꼭 사전에 이어폰을 들고 오라고 공지해야 했다. 휴대 기기의 볼륨을 높이고 영상을 봐도 된다고 말을 해도 다른 학생에게 방해가 될까 봐 거의 들리지 않는 수준으로만 볼륨을 올렸으니까. 수업 중에 낸 과제를 받아 보면 인쇄물보다 더 반듯한 글씨가 적혀 있곤 했다. 스펠링은 틀릴지언정, 글자를 휘갈겨 쓰는 학생은 없었다.

새 봉투에 담은 구움 과자 세트를 꺼내어 강의실에 놓아두며 생각했다. K-정을 담아서 구움 과자를 사, J-정을 담은 봉투에 넣어 전달하게 되었네. 한국의 정이 선을 넘으면서 서로 챙겨주는 거라면, 일본의 정은 상대의 선을 최대한 지켜주려는 노력이구나. 이런 문화 때문에 부탁도 '해줘'가 아니라 '해 받고 싶어'라고 이야기하는 거구나.

1인분을 먹다,

1인분을 하다

코로나바이러스의 기세가 꺾이고, 국경이 낮아진 2023년부터는 한국 여행을 다녀왔다는 학생을 자주 만났다. 이들이 공통적으로 하는 말이 있다. 한국 음식은 1인분 양이 참 많고 가짓수도 많다고. 여러 가지 반찬이 쫙 깔리고, 추가금 없이 리필해 주는 게 신기하다고. 테이크아웃 커피집의 컵 사이즈도 정말 크다고. 나는 정반대의 경험을 한 사람으로서, 종종 이런 이야기를 꺼내곤 했다.

여러분, 1인분을 일본어로 '一人前이치닌마에'라고 하잖아요. 저는 미국에서 일본으로 오고 나서 4킬로그램이 빠졌어요. 일본의 1인분이 자비 없이 적어서요. 일본에 온 첫해에는 친구와 밖에서 만나기 전, 집에서 밥을 먹고, 나가서 또 먹었습니다. 한번은 친구랑 야키니쿠 가게에 갔어요. 1,500엔짜리 안창살 1인분을 시켰는데 종잇장만큼 얇은 고기 다섯 점이 나오는 거에요. 한국 고깃집에서는 있을 수 없는 일입니다. 한국 고깃집에 가면 일단 리필 가능한 반찬이 쫙 깔리고 두툼한 고기를 불판 가득 올려주거든요.

오늘은 일본의 이 '1인분'이란 표현과 식사에 대한 이야기를 해볼게요. 제가 학생들이 영어로 쓴 글을 첨삭하

다 보면 종종 접하는 표현이 있습니다. eat rice. '밥을 먹다'를 그대로 옮기는 거죠. 한국어와 일본어의 '밥ご飯'은 쌀로 만든 요리를 뜻하기도 하고, 식사를 뜻하기도 합니다. 그러나 영어로 쓸 때는 lunch, dinner 같은 식사의 이름을 넣어야 해요.

요즘은 다들 번역기를 쓰잖아요. '밥을 먹다'를 번역기에 넣어서 영어로 옮기면, 번역기는 이 밥이 아침인지 점심인지 저녁인지 모르니까 뭉뚱그려서 have a meal식사를 하다로 옮겨주더라고요. 저는 이 표현을 보면 이 학생이 번역기를 썼겠구나 생각하게 됩니다. 틀린 표현은 아니지만 breakfast, lunch, dinner 같은 단어를 넣는 게 더 자연스럽게 들려요. 적어도 저한테는요.

다시 밥 이야기로 돌아와 볼게요. 한국과 일본 같은 아시아권에서 쌀은 곧 밥이고, 밥은 곧 식사였어요. 그러니 꼭 "식사를 하다"라고 쓰지 않고 "밥을 먹다"라고 써도 식사를 했다는 의미를 가지는 거죠. 일본어와 한국어 모두 다 밥이 중요합니다. 점심을 예로 들어볼게요. 영어에는 afternoon과 lunch라는 단어가 있죠. 일본어에도 히루昼와 히루고항昼ご飯이라는 단어가 있고, 한국어에도 점심과 점심밥이 있습니다. 기본적으로 일본어와 한국어 모두 한 단어로 afternoon과 lunch의 의미를 나타낼 수 있어요. 영어로 "Let's eat afternoon"이라고 쓰면 말이 안 되죠. 일본어의 '낮'을 뜻하는 '히루'를 써서 "점심 먹자お昼食べよう"라고 이야기하면 점심밥을 뜻합니다. 한국어도 똑같습니다. 예를 들면 "점심에 보자"는 낮에 보자는 의미고요, "점심 먹자"는 점심밥 먹자는 의미입니다. 영어 역시 lunchtime 같은 단어를 써서 점심때를 표현할 수는 있지만, afternoon이나 lunch 단어 하나만으로 점심밥과 낮 시간을 동시에 표현하긴 어려워요. 일본어와 한국어 모두 식사가 중요하니까 한 단어에 두 의미가 들어 있는 거겠죠? 낮 시간이 곧 점심을 먹는 시간이니까요.

그러나 여러분, 한국인인 제 입장에서 느끼기로는, 일본어보다 한국어에서 밥이 더 중요한 것 같아요. 각 언어에서 시간에 따라 어떻게 인사를 할까요? 영어는 good morning, good afternoon, good evening으로 인사를 하죠. 일본어는 아침에 오하요고자이마스, 낮에 곤니치와, 저녁에 곤방와, 라고 하고요. 한국어는 어떨까요? 좋은 아침입니다, 좋은 낮입니다, 좋은 저녁입니다, 이렇게 쓸 수 없는 건 아니지만 그렇게 말하는 사람이 별로 없으니 어색해요. 그렇다고 시간에 따른 인사가 없는 건 아닙니다. "아침 먹었어?" "점심 먹었어?" "저녁 먹었어?" 혹은 시간이 애매하다면 "밥 먹었어?"라고 하면 됩니다.

저는 밥이 너무나 중요한 나머지 밥을 먹었는지가 인사인 나라에서 왔기 때문에, 1인분에 대한 기준이 높습니다. 일단 첫눈에 보기에도 '우와~' 할 만큼의 양이 나와야 하고, 먹고 나왔을 때 배가 불러야 해요. 그 야키니쿠 가게에서는 종잇장만 한 고기 다섯 점이 1인분이라고 해서 납득할 수가 없었습니다. 너무 화가 난 나머지 그곳에서는 아무것도 안 먹었어요…. 이런 식당에 제 돈을 조금이라도 쓰고 싶지 않았으니까요. 일본에 와서 저녁 6시에 소개팅을 했는데 상대가 밥을 안 시키고 커피만 한 잔 시키길래, 두 시간 동안 앉아 있다가 너무 배가 고픈 나머지 그냥 파투 놓고 집으로 돌아와 컵라면 한 사발을 마신 적도 있습니다. 밥, 너무 중요해요!

1인분의 양에 대해서 이야기를 하다 보니 여기까지 왔네요. 이야기 나온 김에 하나 더 꺼내볼게요. 일본어 '1인분'에는 한 가지 뜻이 더 있죠. 식사의 1인분도 1인분이지만, "1인분이 된다"라는 표현도 있잖아요. 음식의 1인분도 一人前, 일할 때의 1인분도 一人前, 한자까지 똑같죠. "신입 사원은 3년은 있어야 1인분을 한다"라는 말을 듣고 신기했어요. 그 말에 따르면 저는 이 학교에서 이제 겨우 1인분을 하는 셈입니다. 한국어에도 "1인분을 한다"라는 표현이 있어요. 그런데 음식의 1인분 기준이 한국과 일본에서 다른 것처럼, 저는 일의 1인분 기준도 한국과 일본이 다르다고 느꼈습니다.

이건 제가 느낀 거고, 학술적으로 증명된 게 아니라는 걸 먼저 말씀드려요. 저는 일본이 1인분의 기준에 달할 때까지 좀 더 사람을 기다려주고, 성장을 도와준다는 느낌을 받았어요. 세 가지 측면에서 그렇습니다. 먼저 '신졸新卒'이라는 단어가 있죠. 저는 일본에 와서 이 단어를 처음 봤어요. 일본은 보통 대학 4년을 쭉 다니고, 3학년쯤 취업 활동을 시작해서, 3~4학년 때 회사의 내정을 받고 졸업 직후 회사원이 되잖아요. 대학을 졸업하고 나서 인턴이나 계약직 등 경력을 쌓은 사람이 신졸 지원을 할 수는 없고, 제2신졸 혹은 경력직으로 지원해야 하고요. 이렇게 취업을 처음 하는 사람을 보호해서 그 사람들끼리만 경쟁시키는 문화가 저에겐 아주 새로웠어요. 한국어에는 반대로 '중고 신입'이라는 단어가 있거든요. 이미 일해

본 경력이 있어서 바로 1인분을 할 수 있는 사람을 원하다 보니 생겨난 단어입니다. 물론 일본의 신졸 채용은 신졸 시기를 놓친 사람에게는 너무 가혹하다거나, 다양한 경험을 쌓기 위해 휴학할 새도 없이 대학 생활을 너무 정해진 대로 보내야 하는 단점도 있습니다. 다만, 이 제도가 있는 게 저는 좀 부러웠어요. 저는 언제나 경력이 적은 편이었기 때문에 중고 신입과 경쟁하는 게 좀 부담스러웠거든요.

두 번째, 양국의 아이돌 문화 차이를 보고 느꼈어요. 한국 아이돌 좋아하는 분들 많으시죠. 저도 한국 걸그룹 정말 좋아해요. 그런데 한국 아이돌은 데뷔할 때부터 완성형이어야 하고, 각 잡힌 안무를 할 수 있어야 하고, 신인 시절부터 '1인분'을 바로 해내야 하는 분위기가 있어요. 일본에서 아이돌 생활을 한 다음에 한국에서 다시 데뷔한 일본인 멤버들을 몇 명 보면서 더더욱 그렇게 느꼈고요. 일본에서 활동하던 때의 영상을 보면 댄스도 노래도 친근하고 하늘하늘한 느낌인데, 한국에서 다시 데뷔한 걸 보면 표정과 시선 처리와 손끝까지 칼같이 맞추어서 나오더라고요. 그걸 보고, 한국 아이돌은 신인 시절부터 1인분을 해낼 수 있어야 데뷔시켜 주는구나… 하고 새삼 깨달았습니다.

마지막으로, 초보 운전 마크도 저한텐 참 흥미로웠어요. 일본은 초보 운전 마크가 통일되어 있죠. 초록색과 노란색 방패. 이 마크는 법으로 사이즈와 모양이 정해져 있고, 면허를 받고 1년간은 의무로 차량의 정해진 곳에 부착해야 하잖아요. 이 마크를 단 차에 위협 운전을 하면 가중처벌을 받고요. 한국도 초보 운전 스티커는 있습니다만 일본처럼 모두가 같은 스티커를 쓰는 게 아니라 그냥 "초보 운전"이라고 적은 종이를 붙이기도 하고, "저는 틀렸어요 먼저 가세요" 같은 문구가 적힌 스티커를 붙이기도 합니다. 붙이는 게 의무도 아니고, 그런 차량을 보호해야 할 법적 의무도 없어요. 저 역시 해외 운전 경력은 길지만 일본에서의 운전 경력은 없어서 1년 동안 이 초보 운전 마크를 붙이고 다녀야 했어요. 다니다 보니 마크가 저를 지켜주는 것 같더라고요. 무언가를 처음 하는 사람을 법으로, 또 마크로 보호해 주는 느낌. 제가 1인분의 운전자가 되는 데는 1년이 걸리니까, 그 기간 동안 제도가 저를 지켜주겠죠.

자신의 모국어를 잘 알기 위해서는 외국어를 할 수 있

어야 한다는 말, 들어본 적 있나요? 모국어로만 모국어를 보면 항상 내부자의 시선으로만 보게 됩니다. 외국어와 비교하다 보면 외부자의 시선으로 모국어를 볼 수 있어요. 영어는 왜 lunch로 낮과 점심밥을 가리키지 않을까. 일본어의 '신졸'이라는 단어는 왜 한국어에 없을까. 이렇게 언어 사이에 서보면 차이가 더 잘 보이는 것 같습니다. 저도 외국어를 두 개 쓰게 되면서 겨우 깨달았어요.

그럼 여러분, 한국에 가서 꼭 한국의 1인분을 접해보시길 바랄게요. 반찬은 웬만해선 다 리필해 주니까 맛난 건 꼭 더 달라고 해서 드시고요. 저는 음식은 한국 기준 1인분으로 먹고, 일은 일본 기준 1인분으로 하고 싶네요.

틈새

일본어
공간에
서서

"여러분, 여러분이 왜 일본인이라고 생각하세요?"

매 학기 정체성에 대한 수업을 할 때 물어보는 질문. 모두가 같은 사회에서는 정체성에 대한 고민을 할 필요가 없다. 나는 너고, 너는 나고, 나와 너는 우리니까. '어, 이 동질적인 집단에서 나는 무엇인가 다른 것 같은데'라는 걸 느끼는 순간, 나는 누구인지에 대해 끝없이 생각하게 된다. 그러게, 나는 누구지?

학생들은 보통 이런 질문을 처음 받는다는 듯 대답한다. "저는 일본어를 쓰니까요." "저는 일본에서 태어났으니까요." "저는 부모님이 일본인이니까요."

"저도 지금 일본어를 쓰고 있는데 그럼 저는 일본인인가요?" "제가 일본에서 아이를 낳으면 그 아이는 일본인인가요?" "부모님이 일본인이지만 미국에서 태어나서 미국 국적을 갖고 있고 일본에 온 적도 거의 없고 일본어보다 영어가 훨씬 더 편한 친구가 있는데, 그 사람은 일본인인가요?"

아마 대부분 한 번도 의심해 본 적 없었을 거다. 나도 한국을 나오기 전까지는 의심해 본 적이 없었으니까. 너무 당연해서 엉겨 굳어진 생각에, 조심스레 틈새를 내면서 함께 이야기했다. 무엇이 한국인을 한국인으로 만드는

지, 무엇이 일본인을 일본인으로 만드는지.

"젊은 여자들에게 주어지는 스크립트가 너무 한정적인 것 같지 않으세요?"

한국의 동료와 함께 쓰는 연구 일기에 써놓았던 질문.

각 문화마다 젊은 여자가 수행해야 하는 스크립트가 있다. 마치 영화의 배우처럼, 그 배역이 싫든 좋든 그 문화 안에서 편안히 살려면 주어진 배역을 연기해야 한다. 한국의 젊은 여자가 연기해야 하는 스크립트는 이런 거였다. 어딜 가나 빠릿빠릿하게 행동하고, 회식이 잡히면 식당을 골라 예약하고, 생글생글 웃으며 집단의 분위기 살피기. 미국의 젊은 여자의 스크립트는 비슷하지만 또 달랐다. 극강의 사교성을 발휘해 친근하게 굴며 칭찬을 남발해야 하고, 적극적이며 진취적으로 일해야 하지만 그렇다고 너무 튀면 안 되었다. 금요일 밤에는 일할 때와는 전혀 다른 모습으로 변신을 하고 파티나 데이트에 가야 했고, 섹시하지만 너무 섹시하지는 않은 매력을 발산해야 했다.

일본의 젊은 여자의 스크립트는 그중에서도 내게 가장 어려웠다. 모든 언어가 정도의 차이는 있지만, 일본어

는 여성이 쓰는 언어와 남성이 쓰는 언어의 구분이 아주 엄격하다. 일단 1인칭부터. 남성은 보쿠僕, 오레俺, 와타시私 등을 모두 쓰지만 여성이 보쿠나 오레를 쓰는 건 매우 드물고, 정중한 표현인 와타시를 써야 한다. 밥을 먹다, 배고파, 맛있어 같은 일상 언어조차 남성과 여성의 표현법이 다르다. 남성은 飯 食う메시 쿠우, 腹 減った하라 헷타, うまい우마이라고 써도 되지만, 여성은 더 정중한 말인 ご飯を食べる고항오 타베루, お腹 空いた오나카 스이타, 美味しい오이시를 써야 한다. 남성의 말은 격식을 차리지 않고 편하게 쓰는 표현, 여성의 말은 격식을 차려서 정중히 쓰는 표현이다. 남성은 격식/비격식 표현을 모두 써도 되지만, 여성은 언제 어디에 누구와 있든 격식 표현을 써야 한다.

일본에 계속 있다 보니 일본 여자 스크립트를 답습하게 되었다. 친구들을 불러서 홈파티를 했을 때, 친구가 말했다. "너는 요리 잘하니까 남자한테 인기 많겠다~" 나는 나를 먹여 살리기 위해서 요리하는 건데 왜 남자가 끼어드는 거지? 너무 이상했지만, 이런 말은 일본 어디에나 있었다. 유튜브를 보며 일식 가정 요리를 좀 배워보려고 해도, 어디에나 "남편이 기쁘게 먹어주었다" "남편이 좋아했다" 같은 말이 있었고, 심지어 뉴스에도 동거 중인 남자 친구에게 밥을 해주는 여자가 나왔다. 아니, 이 나라는 이렇구나. 점점 더 체념하게 되었다. 온갖 소품점, 백화점, 쇼핑몰에는 예쁜 손수건을 팔고 있었고 화장실에서 나온 여성들은 하나같이 손수건으로 손을 닦고 있었다. 나도 고양이 한 마리가 박혀 있는 핑크색 손수건을 사서 가방에 넣어 다녔다. 어느 날 카페에서 실수로 잔을 깨고 미안한 마음에 점원이 오기도 전에 유리잔을 손으로 치우다 살짝 베었다. 빗자루를 들고 온 점원이 내 손을 보더니 반창고를 하나 빌려주었다. 나중에야 반창고를 들고 다녀야 '여자력'이 높은 거라는 걸 알게 되었고, 이상한 이야기라고 생각하면서도 언젠가 필요할지 모르니까 가방 한구석에 반창고를 넣어 다니게 되었다. 왠지 모르게 숨이 막혀오는 것 같아….

"자기 자신의 정체성과 불화하고 있는 느낌 받은 적 있으세요?"

미국과 한국에서 함께 연구하고 있는 동료들에게 던졌던 질문.

어느 장단에 맞춰 춤을 춰야 할지, 아니, 어느 스크립트에 맞춰 연기를 해야 할지 알 수가 없었다. 배역이 이

리저리 섞여 무엇이 무엇인지도 알 수 없게 되어버렸다. 출근해서 영어 선생으로 일본 학생 앞에 서면 '버터 묻은 발음'으로 열심히 영어를 해야 할 것 같았고, 동시에 학생이 이해하지 못하면 일본어로 바꾸어 친절하고 상냥한 여선생이 되어야 할 것 같았고, 한국 이야기가 조금이라도 나오면 BTS와 트와이스의 나라에서 온 사람으로서 홍보 대사가 되어야 할 것 같았다. 그러면서도 학교 정문을 나서는 그 순간 보통 사람1로 돌아와서 주변 일본 여성들처럼 행동해야 튀지 않을 것 같았다.

나는 아무래도 좋은 연기자가 아니었던 것 같다. 나는 역할에 맞는 스크립트를 연기하고 있다고 생각했는데, 어디선가 삐걱거렸다. 어디까지 상냥해져야 하는지 알 수가 없어서 최대한 상냥히 이야기하려고 노력하던 중, 한 번은 너무 피곤해서 생각보다 말이 먼저 튀어나왔다. "아니요, 저는 그렇게 생각 안 합니다." 상대는 아마 도레미파'솔'보다 더 높은 '라' 정도의 톤으로 "정말 죄송합니다만 저희의 입장으로서는…" 같은 대답을 기대하고 있었으리라. 상대가 크게 당황하는 게 보였다. 나는 더 이상 친절하고 상냥하고 거절하지 않는 유순한 여성상을 연기할 수 없는걸. 숨통이 아주 꽉 조여왔으니까.

'홍콩인 남자 친구의 아버지를 곧 만나는데, 어떻게 불러야 되지?'

2023년 2월, 약속 장소에서 처음으로 만나는 남자 친구 아버지를 기다리며 했던 생각.

홍콩인 남자 친구는 일본어를 아주 잘하고, 나는 일상생활을 할 만큼 하고, 남자 친구 아버지는 일본에 살았던 적이 있어서 간단한 의사소통 정도는 할 수 있는 수준이었다. 일본어가 모국어가 아닌 세 사람이 둘러앉아 저녁을 먹으며, 어딘가 이상한 일본어로 이야기하는 기이한 상황이었다. 대화는 이런 식이었다. "이 양파, 저 양파, 달라. 색깔. 이 양파, 달아. 저 양파, 매워." "아, 그렇군요. 저도 항상 이 양파 사요." "저 양파, 볶음, 맛있다. 이 양파, 씻다, 물에 넣다, 맛있다."

그리고 그 자리에서 자연스럽게 내가 아버지를 부르는 호칭이 생겨났다.

"파파."

파파가 얼마나 격식 있는 표현인지, 아버지의 모어인 광둥어에서는 어떤 의미인지 생각할 겨를도 없었다. 아버지에게 파파라고 불러도 되냐고 물어보지도 않았다. 그냥 이야기가 계속되다 보니 갑자기 파파는 파파가 되었다. 나는 '남자 친구의 아버지를 예의 있게 부르는 호칭' 같은 걸 일본어로도 영어로도 광둥어로도 몰랐다. 심지어 한국어로도 모르겠는걸. 아버님? 결혼도 안 했는데 무슨 아버님이야. 뇌보다 입이 빨랐다. "파파." 이 한마디로 우리 셋 안에서 누구를 지칭하는지 명확해졌고, 남자 친구 아버지도 불만은 없어 보였다. 일본어도 마마, 파파로 엄마, 아빠를 표현하지만, 어린아이가 쓰는 말이라 타인의 아버지를 이렇게 부르지는 않는다. 그런데 우리 셋 사이에서 파파는 파파가 되었다.

파파가 파파가 되는 과정에 모든 답이 있었다. 광둥어에서 남자 친구 아버지를 뭐라고 부르는지 찾아보지 않아도 되었고, 일본어에서 남자 친구 아버지를 뭐라고 부르는지 찾아서 부른다 해도 아버지는 일본어를 잘 못하시니 의미가 없었을 것이다. 한국어는 말할 것도 없고. 그냥 하나 뚝딱 만들면 되는 거였다. 파파. 얼마나 간단하고 얼마나 쉬워.

일본에 산다고 일본인처럼 되거나, 한국에 산다고 한국인처럼 되거나, 미국에 산다고 미국인처럼 될 이유가 없었다. 사회의 압력을 적극적으로 거스르는 사람이 못

되는 나는, 그냥 그저 분위기를 읽고 쓸려가고 스크립트를 파악해서 연기하며 살아가는 법밖에 몰랐다. 그럴 필요가 없었는데. 일본과 한국과 미국의 틈새에 똑 떨어져서, 틈새 정체성을 뚝딱 만들어가면 되는 거였는데. 홍콩인 둘과 한국인 한 사람이 일본어로 이야기하며 '파파'에 '남자 친구 아버지'라는 뜻을 쏙 밀어 넣듯이.

"정말 제가 녹화한다고요?"

2,000명이 보는 영상의 일본어 내레이션을 맡게 되었을 때 믿기지가 않아서 했던 말.

내가 일하는 대학의 모든 학생은 교양 영어 수업을 들어야 졸업할 수 있다. 이 수업은 학기에 한 번, 모든 수강생이 온라인으로 시험을 친다. 학기마다 대략 2,000명쯤. 이 시험을 설명하는 영상을 영어와 일본어로 제작해야 했는데, 이 일을 담당하는 팀에는 호주인, 핀란드인, 미국인, 그리고 한국인인 나뿐이었다. 일본인은 없었다. 회의 끝에 내가 일본어를 담당하게 되었고, 상사도 승인했다. 아, 정말로 내가 해야 하는 거구나.

한국 대학에서 2,000명이 보는 영상의 한국어 내레이션을 일본인이 맡는다고 하면 비슷한 느낌일까? 그것도

한국어를 전공한 적도 없고, ㅊ와 ㅉ와 ㅆ의 발음도 잘 구분하지 못하는 사람이. 내레이션용 스크립트를 쓰는 건 그리 어렵지 않았지만 정확히 발음하는 게 문제였다. '인터넷 접속'의 '접속' 발음부터 잘되지 않았다. 발음은 せつぞく세츠조쿠지만, つ는 한국어의 '츠'와 '쯔'와 '쓰' 가운데 어딘가에 있기 때문에 계속 혀가 굴러다니며 제자리를 찾질 못했다. 바로 다음에 나오는 ぞ 역시도 한국어로는 '조'라고 표기하지만, ㅈ보다는 영어의 Z 발음에 더 가깝기 때문에 주의를 기울여 ㅈ 쪽으로 달려가는 혀를 잡아채서 Z 쪽으로 돌려놓아야 했다. 아이고, 한국인 살려. 왜 우리 팀에는 일본인이 없지….

몇 번을 다시 녹화하고, 몇 번을 수정해서 편집한 영상을 모든 학생에게 보냈다. 설명을 못 알아듣겠다고 항의라도 오면 어쩌나? 발음이 틀려서 엉뚱한 말을 했으면 어떡하지? 전송 버튼을 누르고도 전전긍긍했는데, 일주일이 지나도록 아무런 말도 들려오지 않았다. 아, 무소식이 희소식이라고, 다들 괜찮으니 아무 말 없는 거겠지.

이 스크립트는 내가 쓴 거지. 내가 썼고, 내가 녹화했고, 내가 2,000명의 일본 학생들에게 띄워 보냈지. 스크립트는 내가 쓸 수도 있는 거였어. 외국인 티가 팍팍 나는 억양과 발음으로 중요한 공식 일본어 내레이션을 해도 되고, 2,000명이 그 영상을 봐도 아무 일도 일어나지 않는다는 거지. 그냥 내가 쓰면 되는 거였는데. 남을 따르지 않아도 되었는데.

영어, 일본어, 한국어를 가로지르며 사는 이 틈새 공간에서는 어느 공간의 스크립트를 따르지 않아도 되었다. 네이티브가 없으니 네이티브가 아닌 사람들끼리 규칙을 만들면 되는 거였다. 이 틈새 공간의 문화는 이 공간을 거쳐 가는 사람이 만들면 되었고, 어느 한 곳의 문화나 규칙을 따를 필요도 없었다. 사회적으로 바람직하다고 여겨지는 젊은 여자 스크립트를 억지로 따를 필요도 없었고, 남이 보는 자신과 내가 보는 자신을 일치시키기 위해 발버둥 치지 않아도 되었다. 내가 내 스크립트를 써 내려가면 끝. 어디에도 속하지 않아서 불안했지만, 어디에도 속하지 않아서 자유로웠다. 숨이 탁 트여왔다.

나 외에도 분명히 이 스크립트를 연기하는 게 힘든 사람이 있을 거야. 정말로 스크립트를 자신이 써도 되는지 확신이 없는 학생들이 있을 거야. 학생들과 함께 틈새를 만들어가고 싶었다. 그래서 매 학기 질문하게 되었다. 여러분, 왜 여러분이 일본인이라고 생각하세요? 그리고 나 자신에게도 질문하게 되었다. 너는 어떤 틈새 공간을 만들고 싶니?

나가는 말

일본에 처음 떨어졌던 2020년 3월 18일. 몇천 개의 도장을 뒤져 김金씨 도장을 어떻게든 산 이후, 기력이 모자라서 동네 마트에 가 도시락을 샀습니다. 구운 연어와 밥과 반찬이 정갈하게 들어 있는 도시락이었죠. 호텔로 돌아온 순간 깨달았습니다. 이 방에는 전자레인지가 없다는 걸요. 복도를 뒤져봐도 없었습니다. 호텔 전화기를 붙들고 외쳤죠. Do you have a microwave? 호텔 직원은 영어를 전혀 하지 못했습니다. Microwave? Microwave? 몇 번을 말해도 쏘리밖에 들려오지 않았습니다. "벤토, 롸잇 나우 콜드. 핫, 벤토 핫"을 막 외쳤더니 "노"라는 말이 들려왔습니다. 아, 이 호텔에는 전자레인지가 없구나. 차디찬 연어 구이와 밥을 그대로 씹어 먹으며 생각했습니다. 이제 난 어떡하지….

나중에야 알았습니다. 전자레인지를 뜻하는 일본어

단어도 있지만, 그것보다 더 쉽게 '칭チン'이라고 말하면 된다고. 전자레인지 음이 '칭'이니까 전자레인지를 돌린다는 말을 '칭 한다'라고 한다고. '벤토 칭'이라는 말만 어떻게든 했다면 대충 통했을 거라고.

저는 '팟-' 하고 켜지는 2D 스크린을 통해 처음 일본어를 접했습니다. 스크린 속의 종이 인간은 제가 모르는 말을 하고 있었고, 그 세계에 들어가려면 그 말이 필요해 보였어요. 종이 인간들이 하는 대사와 노래를 중얼중얼 따라 하다 보니 그 언어가 몸에 배었고, 그 언어를 가지고 현실의 일본 세계에 떨어지면서 온갖 경험을 했습니다. 그리고 이 경험을 사각사각, 페이지에 써 내려갔고요.

그리고 지금, 저는 '사각사각' 하고 페이지가 넘어가는 2D 매체를 통해 여러분께 말을 걸고 있습니다. 책은 활자가 찍힌 평평한 2D 종이 묶음에 지나지 않습니다. 그렇지만 이 활자가 여러분께 가닿는 순간 3D로 살아나는 것 같아요. 여러분이 페이지를 넘기는 그 순간, 평평한 2D 종이 묶음은 여러분의 손에 잡혀 있는 3D의 세계로 살아나는 거죠.

사각사각, 종이를 넘기며 책을 읽어갈 때 자주 등장하

는 말이 있습니다. 행간을 읽는다read between the lines라는 말이요. 하지만 저는 사실 행을 가로질러 읽는 게read across the lines 더 중요한 거 아닌가 생각합니다. 줄글을 쭉 읽어가며 그 줄과 줄 사이에 숨어 있는 작가의 의미를 파악하는 게 아니라, 줄과 줄 사이를, 책과 현실 사이를, 이론과 경험 사이를, 언어와 문화 사이를, 그리고 독자와 작가 사이를 가로지르며 읽는 게 더 필요하지 않을까 하고요. 작가가 행과 행 사이에 무엇을 숨겼는지 찾아내는 것보다, 작가가 써놓은 글을 재료로 해서 자신의 경험을 이리저리 엮어보고, 느꼈던 감정을 이것저것 섞어보고, 생각의 나래를 쭉쭉 뻗어보는 게 글이 살아나는 방식이니까요.

책은 활자가 잔뜩 찍힌 평평한 2D일 뿐이지만, 여러분의 느낌, 사유, 경험을 가로지르며 3D로 살아납니다. 이 책에는 분명히 작가가 왜 저러는지 이해가 안 가는 대목도 있었을 것이고, 언어 학습자로서 공감되는 감정도 있었을 것이고, 저런 실수는 하지 말아야겠다고 반면교사 삼기도 했을 것이고, 작가의 의견에 동의할 수 없었던 부분도 있었을 거라 생각합니다. 읽는다는 건 이 모든 느낌과 사유를 사각사각, 마음속의 메모장에 써 내려가는 활동 아닐까요.

한 발짝 더, 저는 '사각사각'을 넘어서 '촤라락'으로도 나아가고 싶어요. 세 언어를 매일같이 끼고 살다 보니 깨닫게 된 게 있습니다. A언어, B언어, C언어를 각각 잘하는 것도 중요하지만, 언어를 모두 가로지르며 쓰는 것도 중요하다고요. 지금 한국어로 일본어에 대한 이야기를 쓰면서 두 언어에 녹아 있는 문화를 비교·대조하거나, 일본 학생들에게 영어와 한국어 예를 들며 언어와 문화와 생각의 접점에 대한 이야기를 하거나, 홍콩인과 대화하면서 한국어도 영어도 일본어도 아닌 무언가를 하나 가져다가 의미를 붙여 그 상황에서만 통하는 단어를 뚝딱 만들어내는 것처럼요. 언어 하나하나를 잘하는 사람은 너무나 많으니, 여기 붙였다가 저기도 한번 붙였다가 이것저것을 한번 다 섞어보는 등, 언어 사이에 서서 이 언어 저 언어를 가로지르며 넘나드는 게 즐겁습니다. 이 모든 언어와 문화 카드를 '촤라락' 하고 펼쳐놓고, 마음대로 골랐다가 내려놨다가 섞었다가 하는 게, 언어 학습의 재미가 아닐까 생각합니다.

책을 '탁-' 하고 덮을 때, 여러분의 언어와 경험이 '촤라락' 펼쳐졌으면 좋겠습니다. 점점 더 깊어지고 넓어지는 언어 세계를 즐겁게 탐험하시길 기원합니다.

긴 인생을 위한 짧은 일어 책

1판 1쇄 인쇄 | 2024년 3월 20일
1판 1쇄 발행 | 2024년 3월 30일

지은이 | 김미소
발행인 | 김태웅
책임편집 | 엄초롱
디자인 | 강경신디자인
마케팅 총괄 | 김철영
마케팅 | 서재욱, 오승수
온라인 마케팅 | 김도연
인터넷 관리 | 김상규
제 작 | 현대순
총 무 | 윤선미, 안서현, 지이슬
관 리 | 김훈희, 이국희, 김승훈, 최국호

발행처 | (주)동양북스
등 록 | 제2014-000055호
주 소 | 서울시 마포구 동교로22길 14 (04030)
구입 문의 | 전화 (02)337-1737 팩스 (02)334-6624
내용 문의 | 전화 (02)337-1739 이메일 dymg98@naver.com
네이버포스트 | post.naver.com/dymg98
인스타그램 | @shelter_dybook

ISBN 979-11-7210-008-7 03810